JN248074

宮廷を追放された小さな魔導具屋さん
～のんびりお店を開くので、規格外の力と今さら言われてももう遅い～

鬱沢色素

目次

CHARACTER
クールな最強騎士
アーヴィン
王国の騎士団に所属。瀕死の場面をヒナの魔導具によって救われ、以来ヒナの保護者がわりに。普段はクールだが、ヒナのことになると庇護欲を全開にする。
追放された宮廷魔導師
ヒナ
ブラック企業で働いていたアラサーOLだが過労死、異世界に転生してしまう。宮廷で魔法使いとして育てられてきたが、「役立たず!」と言われ宮廷を追放されてしまう。
ヒナに激甘な天然娘
シーラ
アーヴィンの姉で、ヒナが手伝うことになった魔導具ショップの一人店長(魔導具も作れるが接客が好き)。天然な癒し系。アーヴィンとヒナのことを溺愛している。
もふもふフェンリル
ハク
ヒナの魔導具によって傷を治療され、ヒナの従魔となった。普段は大人が乗れるくらいの大きさだが、場面に応じて犬サイズにも変身できる。

宮廷を追放された小さな魔導具屋さん

Kyuutei wo tsuihou sareta chiisana madouguyasan

のんびりお店を開くので、規格外の力と今さら言われてももう遅い××

謎多き美男子

？？？？

アーヴィンと一緒にヒナの働く魔導具店にやってきた美男子。ヒナの作る魔導具を気に入り、高く評価してくれているが正体は不明で…。

喫茶店のマスター夫婦

バート夫妻

ゼクステリア王国の街中にある『風と光の喫茶店』のマスター夫婦（バートとミア）。オムレツが絶品でアーヴィンも足しげく通っている。

宮廷魔導師

ギヨーム

ペルセ帝国の宮廷魔導師。パワハラ体質で、気に入らないことがあるとすぐに怒鳴り散らす。ヒナの才能を見誤り、宮廷から追放してしまう。

こえしゃん

実態は見えないが、ヒナが迷ったとき、困ったときに『声』を授け助けてくれる。ヒナは『こえしゃん』と呼んでいる。

ゼクステリア王国

ペルセ帝国の隣国にあたる。近くの魔物の森を突っ切るのが近道となっている。第一王子と第二王子は国王の継承権を巡って、水面下でバトルしている。

ペルセ帝国

ヒナが元々いた国。優秀な魔法使いを抱え、その技術によって繁栄してきた。力がある子どもを積極的に引き取って、魔法使いに育て上げているというが……。

プロローグ

「この役立たずがっ！　貴様をここから追放する！」

朝から呼び出されたかと思えば、私は追放を宣告されていた。

私に追放を告げた彼の名は——ギヨーム。宮廷で雇われている——所謂《いわゆる》『宮廷魔導士』のトップである。

その厳しい言動から、なんとなく私のことが嫌いなんだろうなあ……とは感じていたが、まさかこんなことになるなんて……。

「わたし……ついほうでしゅか？」

「当たり前だ！　幼い頃に捨てられ、可哀想に思ったからここ——宮廷で魔法使い見習いとして住まわせてやったものの……それももう三年。それなのに、貴様は初級魔法のひとつもまともに使えやしない。全く……拾ってやった恩をタダで返しやがって！」

「……っ！」

ギヨームに怒鳴られ、反射的に体が萎縮してしまう。

拾ってやった恩……って自分で言うことじゃないと思うんだけど？

それに三年とはいえ、私はまだ四歳。とある事情で幼い頃の記憶はないんだけれど……それなのに追放だなんて、ギヨームは鬼？　悪魔？

「ま、まほうのれんしゅう、がんばる……です！　だから、それだけは……」

無駄なんだろうなとは半分思いつつ、私は必死に懇願していた。

それも当たり前。

何度も言うようであるが、私はまだ四歳。社会の荒波は厳しい。

ちょっと魔力があるとはいえ、ギヨームの言った通り私は簡単な魔法くらいしか使えない。

なんの後ろ盾もない私がここを追放されたら、平穏に暮らしていけるとは思えない。

「うるさい！」

部屋に響き渡る怒声。

それを聞いていると、自然と涙が込み上げてきた。

「ん？　また泣くつもりか？　泣いても私は考えをあらためるつもりはないぞ？」

顔を近付けてきて、無慈悲なことを宣《のたま》うギヨーム。

いけない……彼の言った通り、ここで泣いてもなんにもならない。

せいぜいまた「うるさい」と怒鳴られ、彼の怒りのボルテージを上げてしまうだけだろう。

でも──涙というものは、そう簡単に自分でコントロール出来ないもので。

「……んぐっ。ぐすっ……」

いつしか、私の目から涙が零《こぼ》れてしまっていた。

それを必死に塞《せ》き止めようとしている私を見ても、ギヨームはせせら笑うのみ。

「ふんっ！　役立たずのうえに、泣き虫の無駄飯喰らいか。貴様が泣いているのを見ると、こっちも気が滅入る。明日まで待ってやるつもりだったが……それも我慢ならん！」

とギヨームは部屋の出口を指差しながら、

「さっさとここから出ていけ！　貴様は魔物の森送りだ！　逃げようとしても無駄だからな。そこまで馬車で強制連行だ。せいぜい己の無力さを呪うのだな！」

最後に言い放つのであった。


——振り返ろう。

三年前、私がまだ一歳だった頃に本当の両親に捨てられてしまった。

それをペルセ帝国の宮廷魔導士たちが見つけて、そのまま自国まで連れ帰ってくれたらしい。らしい……というのは小さすぎるためか、その頃の記憶がないからである。

この世界において、魔力が備わっている者は貴重だ。

何故なら魔力とは生まれながらにして、保有するもの。後から魔力を身に付けたくても、生まれた時になかったらどうしようもない代物なのだから。

——という事情がある世界で、私には魔力が少しだけ備わっていた。

そこにペルセ帝国は利用価値を見出してくれたのだろう。私は宮廷で魔法使い見習いとして彼らに育てられることになった。

そこからは毎日、厳しい訓練。

睡眠時間なんてろくに与えられない。食事も質素なもの。

しかもそれだけではなく、宮廷内の雑用を押し付けられることもしばしば。

魔法使い見習いとして、宮廷で育てられたのは私だけではない。他にも二十人程度の魔法使い見習いが、同じようにここで育てられていた。

だけど——私はその中でも、断トツに物覚えが悪かった。

そのせいでギヨームに、目を付けられてしまった。

繰り返すが、ギヨームは宮廷魔導士の長にあたる人物である。彼の仕事の中には、将来の宮廷魔導士の育成というのもあったみたい。

直接教えられることは少なかったが……私を目の敵にしたギヨームからのイジメは苛烈だった。

成績が悪い私を、ギヨームは毎日のように罵倒し——時には罰として、軟禁部屋に三日程度閉じ込めたり……さらには吊るし上げのように、他の魔法使い見習いの前で私を叱ることもあった。

すぐにでもこんなところから逃げ出したかった。

それでもそうしなかったのは……四歳の私がここを出ていっても、すぐに野垂れ死んでしまうだろうから。

それともうひとつは、捨て子の私を拾ってくれたという恩義を少なからず感じていたからだ。

――二周目の人生もハードモードか。

魔物の森に向かう馬車の中。

地面から伝わる震動のせいで気分が悪くなる。

一周目でもろくな死に方をしていないのに……二周目でも、こんな風に僅か四歳にして追放ってどういうこと？　こういうのって普通、二周目は悠々自適な生活を送れるもんじゃない？

――さて。

私がこう言うのにも理由がある。

それは私が別世界の『日本』という国から転生してきた――『転生者』だからである。

一話

◆異世界転生◆

前世の私は日本でごくごく普通の両親のもとで育てられた。

小学校、中学校、高校、大学——ごくごく平凡な偏差値の学校に通った。

そして大学を卒業した私はとあるメーカーに入社した。

今思えば、ここから少しずつ歯車がおかしくなっていったように思う。

商品企画を希望していたが、不得意な営業に回された。

いつも客先に行って頭を下げる。会社に帰ってきてからも事務作業。家に帰るのはいつも日付が変わろうかとする時間であった。

そんな忙しい日々を送っていると、いつの間にかくたびれたアラサーＯＬの出来上がりだ。

恋人はいない。

そりゃあ私だって、もうこの歳だ。学生時代に付き合ってきた男性もひとりやふたりくらいはいる。

しかし社会人になってからは、めっきり出会いも減った。

マッチングアプリも使ってみてはいたが、休日もろくに取れないブラック企業じゃ、なかなかデートにこぎつけることも難しい。

このままでは結婚どころか、お付き合いするような男性も現れないんだろうな……と漠然とした不安を抱いていた。

それでも精神をギリギリのところで保てていたのは、趣味のおかげだと思う。

学生時代から買い物が好きだった。

雑貨店や家電ショップ、服屋に出掛け、商品を眺めているだけでも楽しかった。

色とりどりの商品。流行の最先端をいくもの。個性的なもの。便利なもの……。

これを作るために、どれだけの苦労があったんだろう？　そして実際に使ってみたら、どんな感じなんだろう？

それを想像するだけでも楽しかった。

ハンドメイド商品も好きだったので、たまに私も見よう見まねで作ってみて、フリマサイトで売ってみた。その時はとても充実感があった。

しかし……やっぱりそんな時間もなかなか取れない。

趣味の時間すら満足に取れない社畜――それが前世の私だった。

――死ぬまでずっとこんな感じなのかな？

このまま五十、六十……定年を迎え、会社を退職する。年金をまともに貰えるのか分からないし、悠々自適の老後生活も難しいかも。

そして最後はひとり、孤独死するのだ。

マンションの大家さんには迷惑かけちゃうな。なるべく早めに発見して欲しい。そうじゃないと恥ずかしいから。

なんてことを考える私は、つくづくお人好しなんだろう。だからブラック企業に搾取される。

そんなことを考えながら、ある夜——会社の中でひとり、パソコンの前で事務仕事と格闘していた。

時刻は午前二時を回ろうとしている。終電も動いていないだろう。

——ああ、今度生まれ変わったら、大好きなものに囲まれた生活を送りたい。

そう考えると——急に不思議な浮遊感に体が包まれた。

え、え？

そのままゆっくりと体が傾いていき、床に倒れる。意識がだんだん遠のいていく……。

そして意識が戻った頃には、私はペルセ帝国の宮廷で魔法使い見習いとして育てられていた……というわけだ。

◆運命の出会い◆

そして追放された現在まで時は戻る。

「さっさと馬車から降りやがれ！」

馬車が止まったかと思うと、男たちに乱暴に掴《つか》まれ、そのまま外に投げ出されてしまった。

「いたい……」

小さく呟くが、そんな私を心配してくれる人は誰ひとりいない。

「ほんとにこの役立たずがっ！」

私を投げた男が嘲笑する。

「全く……こんな獣臭い森にまで、お前を送っていくなんて吐き気がするぜ！」

「ほんとだよな。とんだ貧乏くじを引いてしまったものだぜ」

もうひとりの男も顔を出して、不満を口にしていた。

……自分たちのことしか考えていないんだね。

この人たちは最近、晴れて魔法使い見習いを卒業し宮廷魔導士になった。なりたてだから、こんな役割を押し付けられたんだろう。

見習いの頃から、この人たちは私をイジメるので嫌いだった。

「おい、さっさとこんな森から出ていこうぜ」

「その通りだな。おい、お前……名前はなんだっけな。忘れたが、さっさとお前も森から出ていく方がいいぜ」

酷い！　私には『ヒナ』って名前があるんだからね！

彼らとはけっこう長い間、同じ魔法使い見習いだったんだから、それくらいは覚えておいて欲しかったんだけれど……まあ今更それを言っても仕方がない。

「違いない。この森には魔物がうようよいるからな。優秀な宮廷魔導士の俺たちならともかく、初級魔法も使えないお前だったらすぐに食い殺されちまうぞ」

「まあ！　脱出出来るわけがねえがな！」

「ははは！　お前、残酷なことを言ってやるなよ！　まあ事実だがな！」

男たちは高笑いしながら、馬車の中に入って馬を走らせた。

馬車がどんどん私から離れていき、やがて見えなくなった。

「うーん……これから、どうしましょ」

考える。

追放されたのは確かに災難。

ここが魔物の森で、私なんかがぼーっと突っ立っているだけじゃ、すぐに魔物に殺されてしまうのも本当のことだ。

だからといって方角も分からない。どう歩けば森から出られるのか見当も付かない。

でも——こんなところで諦めてたまるものですか！

「わたしはむかしから、あきらめがわるいんだからっ！」

前を向く。

これくらい……前世のブラック企業時代のことを思えば、まだまだへっちゃら。

それにせっかく転生したのに、追放されてこんなところで死ぬなんて……あまりにも情けなさすぎる。

そう自分に発破をかけ、両頬を軽く叩いてみた。

「とりあえず、もりからでるのがせんけつ。もくひょうきめるの、たいせつ」

『死ぬ』に一度照準を合わせてしまうと、戻すのは大変。だから私は『生きる』ことに照準を合わせた。

うーん……でも、頭の中ではすらすらと言葉を思い浮かべることは出来るけれど、まだ年相応の話し方しか出来ないんだよね。

舌ったらずのような、つたない喋り方になってしまうのだ。特に『さ行』が言いにくい……。

こういうところも、ギヨームは苛ついていたみたいなんだよね。

きっとまだ幼女相応の喉の作り？にしかなっていないからだと思う。

前世なら泣かないようなことでも、すぐに涙が止められなくなってしまうし……そういうところは不便。

まあ成長していくに従って、それも解決するんだろうけど。

「しゃて。どっちにいこう」

と私は周囲を見回した——時であった。


『こっち』


優しげな男性の声。

え……？　と思い、声の主を探してみるが、人っ子ひとり見つからない。

「どこにいるの？」

呼びかけてみるが、それに対しての返事はなかった。

どういうこと……？

ここは通称魔物の森と呼ばれる場所。魔物が多く棲息しているせいで、冒険者みたいな人たちしか近付かないような場所だ。

宮廷でなにかミスをすると「魔物の森送りにするぞ！」と脅されていたので、それくらいは分かっている。

私以外の人を見つけるのも難しいと思っていたんだけれど……。

『こっちですよ、こっち』


でも――やっぱり聞こえる。

私は声のする方へ足を進めてみる。

すぐ近くにいるような……でも姿は見えない。不思議な感覚だ。

「こえしゃん、どこ？　すがた、みせてくだしゃい」

『急いで。このままじゃ……あの人が死んでしまいます』

私の質問に答えずに、姿も見えない『声』はそう言った。

「あのひと？」

『こっち』

私が『声』に近付くと、それはまた離れたところで「こっち」と発する。

それを追いかけるような形となる。

この『声』がなんなのか分からない。

だけど『声』の主も、『あの人』っていうのも悪い類じゃない気がする。

なんとなくこの『声』を聞いていると、安心感を覚えるのだ。こっちに歩いていったら大丈夫……って。

私はそう思い、てちてち歩きで『声』を追いかけた。

とにかく、今は『声』に付いていこう。


『声』に導かれ歩いていると、川のほとりに出た。

そして木の幹にもたれかかり横になっている、ひとりの男性を見つけたのだ。

人⁉

こんなところで誰かと出会えると思っていなかったから、反射的に嬉しくなってしまう。

だけど彼をよく見ると、右脇のところが血で染まっていた。息も絶え絶えで、顔色も悪い。

「たいへん！　けが、してる！」

私は転ばないように、彼のもとへ駆け寄る。

それにしても……ここに来るまで、魔物の一体にも出くわさなかったなあ。どうしてだろ？

「……子ども？」

彼は私に気付いたのか、顔だけをこちらに向ける。

私はなんとか男の近くに辿り着き、こう問いかけた。

「だいじょぶでしゅか⁉」

「……あまり大丈夫じゃ……ないな」

彼は苦しそうに声を出す。

「どうして子どもがこんなところにいるかは分からないが、俺のことは放っておいて……くれ。このまま俺は死んでいくだけだ。もう……どうでもいい」

男の声から諦めにも似た感情を感じ取った。

もうどうでもいい、なんて――そんな寂しいことを言わないで。

私の方こそ悲しくなってきちゃうから。

前世で働き詰めの私も、最後の方は「いつ死んじゃってもいいかな」と考えていた。

現状を変えようにも時間も体力もない。

私が死んじゃっても誰も悲しまないだろうし……あっ、お父さんとお母さんは別だろうけどね。だけどそれ込みでも、自分の人生にどうでもよくなっていた。

だから彼に感情移入してしまったのかもしれない。

「しぬなんて……いわないで」

「え？」

男は何故だか、ビックリしたように目を見開く。

「しんでもいいひとなんて、いない。すくなくとも、あなたがしんだらわたしが、かなしい。だからしぬなんて、いっちゃ……めっ！　なの」

「……っ！」

私が言うと、男はハッとした表情になった。

「しかし……もうどうしようもない。傷は深い。持ち合わせのポーションでは……治せない。街までも距離がある。そこまで、お前が俺を抱えてくれるわけでもないだろう?」

確かに……成人くらいの男性を、幼女の私が抱えられるわけがない。

「死ぬのを待つだけなんだ。そんなことを言ってくれるだけで十分……だ。ありがとう……」

男は満足そうに笑みを浮かべ、私の頭をポンポンと叩いた。

——優しくて大きい手。

こんな人が死んじゃうなんて、やっぱりよくない。

それに……私は諦めが悪いのだ!

「ぽーしょん、みせてくだしゃい」

「ん……そこに入ってるが……無駄だぞ?」

私は近くに置いてあったバッグをごそごそと漁り、一本のポーションを取り出した。

うーん……これじゃあ量も少ないし、そもそもポーション自体の質もあまりよくない。

試しに傷口にかけてみるのもいいけれど、それで全く効果がなかったら無駄遣いしてしまうことになる。

それにそんなことくらいは彼も何度か試しているだろう。

だから私は私のやれることをやろう。

「なにかないかな」

周囲を見回す。それを彼は「……？」と不思議そうに見ていた。

このポーションとなにかを組み合わせれば、彼の傷を癒すものを作成することが出来るかもしれない。

でもそんな都合のいいものは簡単に見つからず、途方に暮れ――。


『あっち』


先ほどの『声』がまた聞こえてきた。

「こえしゃん」

名前も分からないので、『声さん』と呼びかける。相変わらず舌ったらずになるけどね。

「あっち……？　あっちに、このひとをたすけられるなにかがあるの？」

『あっち。もうちょっと、あっち』

『声』の言う通り動く。

すると――なんということだろう。

一本の光り輝くキレイな花を発見することが出来たのだ。

「これは……」

その瞬間——私の頭にレ・シ・ピ・が浮かぶ。

ポーション　＋　幻光花《げんこうか》＝　癒しのペンダント

・癒しのペンダント
どんな傷でも癒すことが出来る、不思議な光を放つペンダント。体の奥に潜む病原菌をやっつけることも可能。


やったー！

これがあれば、彼を治すことが出来そう！

「お前……さっきから、な、なにを……っ」

彼は声を発するだけでも苦しそう。

あまりゆっくりしている場合でもない。早く治してあげよう。

「ぽーしょんとおはなしゃん、あわせてぐるぐる」

私はポーションと花を手元に持っていき、少しの魔力を注ぐ。

すると……周りが光に包まれ、それがなくなったかと思えば、翡翠《ひすい》色の鉱石のようなものが取り付けられているペンダントが、私の手元に現れた。

使い方がどう……なんてことは思わない。

作った瞬間、私はそういうことまで全て把握してしまうのだ。

「すぐになおる」

私は癒しのペンダントを彼の右脇に近付け、もう一度魔力を注ぐ。

翡翠の光が男の右脇を優しく包んだ。

徐々に血が引いていく。


そしてあっという間に完治！


もう彼の右脇からは一滴の血も出ていない。傷が完全に塞がったようだ。

「痛みも全くない……？　どういうことだ。どうしてこんなことが出来る。そのペンダント……今さっき、お前が作ったように見えたが……？」

彼は戸惑いの声を発する。

驚いている彼に向かって、私はこう口にするのであった。

「わたしのすきるは、まどうぐさくせい。だからこれを、つくることができまちた」

先ほどまで大きな傷を負って、死ぬことすら覚悟していた男。

そんな彼は今、回復して近くの川で体を洗っていた。

私はそれを地面に座りながら眺めていた。

「助かった。本当にありがとう」

上半身だけ服を脱いでいる彼が、川から上がりながら言う。

わあ……！　筋肉質な体！　鍛えていることが分かるくらいに適度に体が絞られている！

前世ではこういう男の人のことを、細マッチョと言ってたな～。

「ん？　どうした？」

「な、なんでもないでしゅっ」

ぷいっと視線を逸らす。

いけない、いけない……つい見とれてしまったよ。こんな反応をしてしまうなんて……いや、精神年齢はアラサーなんだけどね！　でも今は四歳の幼女なので、あまり変な反応をすると怪しがられるかもしれない。

「あらためて自己紹介をしよう」

彼はタオルで体を拭きながら、こう続けた。

「俺の名前はアーヴィン。ゼクステリア王国の王都で暮らしている」

「わたしはひなでしゅ。よろしく、おねがいします！」

ペコリと頭を下げる。

「ヒナか――良い名前だな」

それを見て、彼——アーヴィンは一瞬、顔をほころばせた。

「どうして、あー……あー、びん……あー、ぢんはこのもりに？」

あっ……やっぱり、アーヴィンって上手く言えないや。四歳の体はこれだから困る。まあ『あーびん』呼びでもいいか……。

しかし彼は不快そうな顔ひとつせず、それどころか困った顔をしてこう言った。

「それは……」

言おうか言うまいか悩んでいるよう。

「いえないことなら、いわなくてもいいよ？」

「いや……命の恩人に言わないのも失礼だ。俺の信義に反する」

アーヴィンはブンブンと首を左右に振って、こう説明を続ける。

「実は俺はゼクステリア王国の騎士団に所属しているんだ」

「きしだん！」

カッコいい！

「それで……とある任務でペルセ帝国の宮廷魔導士たちと、単独で戦うことになってな。その時にへまをこいて怪我をして……この森になんとか逃げ込んできた」

忌々しげにアーヴィンは口にする。

ペルセ帝国の宮廷魔導士——魔法使い見習いの私が最終的に目指していたものだ。

彼らはペルセ帝国内において、魔法使いのエリート。

そんな人たちと戦って生存出来るなんて――アーヴィンは相当強いみたいだね。

「わぁ～。きしだったら、もてるよね？　あーびん、みためもかっこいいから」

気付けば、私はそう質問していた。

ちょっと場違いかもしれないけれど、こういう恋話は女子の性といいますか……自然と興味を惹かれるのだ。

だけど彼は表情を暗くして、

「……そう良いもんでもないさ」

と俯《うつむ》いてしまった。

強くてカッコいい騎士だなんて異性からモテモテな気がするけれど、ゼクステリア王国ではそうでもない？

いや、たとえ騎士でなくても、アーヴィンはかなりの美形なのである。

さらさらの黒い髪。お肌もキレイで、鼻筋も通っている。スタイルもすらっとしていてカッコいい。

黒曜石のような瞳で見つめられながら口説かれたりしたら、ときめかない女の子はいないと思うんだけどなあ。

まあ価値基準をどこに置くのかは、その人次第だ。

あまり突っ込むのもおかしいだろう。

だから。

「げんき、だして」

私がうーんと手を伸ばして、アーヴィンの背中を優しく叩く。

「あーびんはあーびん。いやなことがあっても、わたしはあーびんのみかただから」

「お、おお。そうだな。ヒナのような小さい子にそう言ってもらうなんて、俺も情けない。ありがとう」

とアーヴィンはまた私の頭をポンポンしてくれた。

なんだかこうされていると、すっごく幸せな気分になる。

この世界に転生してから、まともな愛情を受けたことがないせいだろうか？

「今度は俺からも質問したいんだが——ヒナはどうしてこの森に？　俺のことより、そっちの方が不思議だと思うが……」

「じつは……」

かくかくしかじか。

宮廷で魔法使い見習いとして育てられていたこと。でも思うような結果を出せず、追放されてしまったこと。

それらを洗いざらい、アーヴィンにぶちまけた。

するとる彼は目を見開いて、

「なんと！　ヒナのような小さな子を追放するだと!?　あいつらはなにを考えているんだ！　信じられない。しかもこんな魔物の森に……すぐに魔物に見つかって殺されても、不思議じゃないというのに……」

と私のために怒ってくれた。

「よく俺のところまで辿り着いたな。魔物には遭遇しなかったのか？」

「しなかった」

「そうか……それは運がよかったな」

まるで自分のことのようにほっと胸を撫で下ろすアーヴィン。

それを見て、私はつくづくアーヴィンは良い人なんだなあと思った。

「ヒナは何歳だ？」

「よんしゃい」

「やはりそれくらいだったか……そもそもヒナのような小さな子に厳しい訓練を施すのもおかしい」

「でも……わたし、ひろいごだから」

「関係ない。だったら最初から拾うなという話だ。拾ったなら――責任を持って育てる義務が、帝国の宮廷にはある。少なくても、ゼクステリア王国だったらそんな酷いことはしないだろう」

断言するアーヴィン。

「ぜくすてりあ……いいくになんだね」

ゼクステリア王国──ペルセ帝国の隣国だ。

それ以上のことは知らない。不必要なことは、ギヨームに教えてもらえなかったからである。

「それが普通だと思うんだがな」

アーヴィンは話を続ける。

「ペルセ帝国は元々、よからぬ噂も多かったんだがな……やはり非道な国だったか」

「そうなの?」

「そうだ。だからこそ、俺がペルセ帝国に──おっと、これ以上はヒナに説明しても仕方がないな」

と肩をすくめるアーヴィン。

ペルセ帝国……そんなに酷い国なんだね。

拾ってもらったから、あまり悪口は言いたくない気持ちもあるけれど──転生して、意識がはっきりしてからずーっと宮廷の中で育てられてきたから、他国の状況なんて知らなかった。

優しいアーヴィンが言うんだから、よっぽどのことなんだろう。

「それで……だ」

アーヴィンは上半身を拭き終わり、服を着る。

全身黒ずくめの服装だ。それがまたアーヴィンに似合っており、思わず視線が向いてしまう。

「ヒナ。先ほど、まどうぐさくせい――魔導具作成？　と言っていたが、詳しく聞かせてもらってもいいか？　――言いたくなかったら言わなくてもいいが……」

「だいじょぶ。かくすつもりも、ないから」

彼の傷を治す時に使った癒しのペンダントは、現在私の首にかけている。

そんなに大きくないんだけれど……それでも、ちょっと重くて首がしんどくなった。

ペンダントひとつごときでこうなるとは……つくづく幼女の体って不便だ。

「さっきもいったけど、まどうぐさくせい、はわたしのすきる」

――この世界の人たちは、スキルと呼ばれるものが授けられることがある。

それは【竜殺し】といった一騎当千のものだったり、【掃除上手】など生活スキルまで幅広い。

その中で私の授かったスキルは――【魔導具作成】。

「くちでせつめいするの、むずかしい。もっかい、つくる」

「そんなにすぐに出来るのか？」

「あい」

私が言うと、アーヴィンは「すごい」と小さく声にした。

そんなアーヴィンの黒髪は今も濡れている。水滴が太陽の光に当たって、キラキラ光った。

さっきまで川に入っていたから当たり前だけれど……濡れたままじゃ、いけないよね。せっかくのキレイな髪も傷んでしまう。

「あーびん。ませきとかもってる?」

「ませき――魔石か? それだったら、雷の低級魔石だけひとつ持っている。夜の移動で灯り代わりになって、便利なんだ。火の魔石は扱い方を間違えれば、無用な火事を生んでしまうかもしれないしな」

「それでじゅうぶん」

よし――作るものは決まった。

「しゅこし、おまちを」

私はなにか良い材料がないかと思い、近くを歩き回った。

そんな私をアーヴィンは心配そうに後から付いてきてくれた。

やっぱり優しい人……そんなに遠くには行かないつもりだったから、ちょっと過保護すぎだと思うけどね。

そうして集めたのは一見、役に立たなそうな木々の枝や石っころだ。

「ヒナ……それでなにを?」

「ていっ!」

アーヴィンの質問に答えず、私は集めたものに魔力を注いだ。

雷の魔石（低級）　＋　木の枝　＋　小石　＝　美髪ドライヤー

・美髪ドライヤー
温風で髪を乾かすことが出来る。電力は不要。温風には髪を艶やかにする魔力が含まれている。ツヤツヤの髪で異性の視線を釘付けだ！


癒しのペンダントの時と同様に辺りが光で包まれ――それが消えた頃には魔導具が出来上がっていた。

「それは？」

アーヴィンは首をかしげる。

そういう反応になっても仕方がない。だって私が作り出したこの魔導具は、この世界には本来ないものだろうから。

「どらいやー――だよ。このすいっちを、おんにして」

と魔導具――ドライヤーをアーヴィンに持たせて、使い方を説明する。

「うおっ！」

スイッチを入れると、ドライヤーの送風口から無事に温かい風が吹いた。

それを見て、アーヴィンは驚きの声を出した。

「熱風……？　しかしそんなに熱くない。丁度いい熱さだ」

「それがあったら、かみもすぐにかわくよ。つかってみて」

アーヴィンは戸惑いながらも、ドライヤーを自分の頭に近付けて、髪を乾かし始めた。

――これが私のスキル【魔導具作成】。

このスキルの説明は簡単。


1・魔導具を作る際のレシピが分かる。

2・素材が揃えば、ありとあらゆる魔導具を作成することが出来る。


1については、二通りの方法がある。ひとつは作りたいものを思い浮かべれば、それに必要となるレシピが分かるというもの。もうひとつは材料を揃えただけで、自動的になにが作れるのか頭に浮かぶというもの。ドライヤーは前者だったし、癒しのペンダントは後者だね。

2は材料を揃えて、私が魔力を注げば魔導具が一瞬で完成するということ。組み立てたり、地道に加工する必要はどこにもないのだ。

たどたどしい言葉で、そう説明を終えると……。

「すごいスキルだ！　髪もすぐに乾いた。爽快な気分だ。ペンダントの時といい、こんな魔導具を作れるとは……」

アーヴィンも髪を乾かし終わったみたい。

ドライヤーの効果もあると思うけれど――水で洗った後の黒髪もとってもキレイ。さらさらだしふわっとしていて、女性としては羨ましいばかり。

「しかし……いくら魔法使い見習いとして未熟でも、そんなスキルがあったら重宝されるだろう？　ペルセ帝国の宮廷には、そのスキルのことを話していなかったのか？」

「はなちた。でも……やくにたたないすきるって、いわれてた」

基本的にこの世界においては、魔導具の評価がちょっぴり低め。

傷を癒すならポーションなどの方が効果も高いし、装備品ならその筋の人――たとえば武器職人が作る剣や盾の方が優れていると考えられているためだ。

前世からハンドメイド品をフリマサイトで売っていたし、こんな風にものを作ることは好きだった。

だけど私が魔導具を作っていると、ギヨームに、

『貴様が作る魔導具など、役に立たない！　そんなことをしている暇があったら、魔法のひとつでも覚えろ！』

と怒られた。

だから基本的に魔導具はコソコソ作っていた。

そして宮廷内で備品が切れかかっている時だけ、私の作った魔導具を寄付していた。

ほんと……都合の良い時だけ、私の魔導具を使うんだから。あそこは。

「役に立たないスキル……？　宮廷はどこに目を付けているんだ！」

するとアーヴィンは興奮した口調で、私の両肩をガッと掴んだ。

「こんなすごい魔導具を……しかも一瞬で作ってしまうなんて、素晴らしい力だ！　ヒナはもっと自分に自信を持った方がいい！」

「えっ……？　これくらい、あたりまえなんじゃ？」

「当たり前なわけがあるものか！　ヒナの作る魔導具は既に神具にも匹敵する！　こんな素晴らしい力を手放すなんて、ペルセ帝国は本当にバカだな！」

神具――神々が戯れに作り、この世界に落とすもの。

たとえばその中には、どんな病気や傷も癒してしまうエリクサーなんかがある。

「そ、そんなたいしたものじゃ、ないから……しゅみでつくってたもの、でしゅから」

「大したものだ！　ヒナは自分を卑下するのはやめろ。ヒナは世界でも有数の――いや、間違いなく世界一の魔導具師だろう」

魔導具師――。

魔導具を作り、人々の生活を豊かにする職業の人たち。

私の作る魔導具なんて、本職の人に比べたら全然だと思っていたし……みんな、これくらい出来て普通だと思っていた。

それにしては、宮廷内で使われている魔導具は大したことがないとは思っていたが……あまりにギヨームに罵倒されるものだから、自分の認識が歪められていた。

……かもしれない。

「そうだ。ヒナはこれから、どこかに行くあてはあるのか？」

考えていると、アーヴィンが私の肩から手を離して、そう質問する。

「ないでしゅ」

「よかった。じゃあ俺が住む街――ゼクステリア王国の王都に来ないか？」

素敵な招待を受ける。

私ひとりじゃこの森から抜けられるか分からない。仮に運良く出られたとしても、四歳の私ひとりの力じゃ、そこから生き抜いていくことも難しいだろう。

だから。

「お、おねがいします！　わたしを、あーびんのまちにつれていって、くだしゃい！」

そう即答する。

するとアーヴィンはさらに表情を柔らかくして、

「よし、分かった。街に着いてから、ヒナの今後については考えよう。別にヒナの生活を無理矢理縛るつもりはないんだからな」

と言った。

追放されてどうなることかと思っていたけれど、ひとまず無事に人里には辿り着けそう。

そう考えると、嬉しくて泣きそうになったけれど……我慢。

そんなことをしたら、アーヴィンが不安がるだろうしね。

「あっ、そっだ」

出発する前に、アーヴィンに問いかける。

「さっきのこえしゃん、あーびんはなにかしってる？　しりあい？」

私が言ったのは、アーヴィンのところまで導き、さらに幻光花についても教えてくれた『声』のことだ。

しかしアーヴィンは首をひねり。

「声……？　なにを言ってるんだ？」

「え……？　さっき、はなのばしょをおしえてくれた、こえだよ」

「そんな声は聞こえなかったが？　ヒナにはなにか聞こえたのか？」

薄々は気付いていたが、アーヴィンには聞こえていない……？

どういうことだろう。

アーヴィンに出会うまでならともかく、幻光花の時はきっと彼にも聞こえていただろうに……。

「ううん。なんでもない」

だけど私はそれ以上追及せずに、質問をやめた。

これは私の勘だけれど……あまり質問しちゃったら、アーヴィンとあの『声』を困らせることになると思ったから。

「まあヒナがいいなら、それでいい。じゃあ行くか」

「うん――」

アーヴィンの後を付いていこうと足を踏み出すと――体が前のめりに倒れてしまいそうになった。

「ヒナ！」

それをすかさずアーヴィンが支えてくれる。

「だ、大丈夫か⁉」

「だ、だいじょぶ……ちょっと、つかれた……だけ」

この体の問題点は多々ある。その中のひとつが疲れやすいことだ。

まあ仕方ないよね。四歳なんだし。

それに魔導具をふたつも作ったので、ずいぶん魔力も消費してしまった。

だからだろう――気付けばくたくたтака。

「しょうがない。ヒナは頑張ってくれたんだしな。とはいえ、あまりこの森で長居したくないし——そうだ」

ふえ？

アーヴィンが背中を向け、そのまま私をおんぶしてくれたのだ。

「街に着くまで寝ていればいい。すぐに着くだろうから」

「しょ、しょんな！　わるいでしゅよ！　あーびんもなおったばっかで、つかれてるし……」

「気にするな。子どもは子どもらしく、大人に甘えればいいんだ。ヒナは四歳とは思えないくらい、人に気を遣いすぎだ」

とアーヴィンは言い、歩き始めた。

心地いいリズムで体が上下に揺すられる。アーヴィンの背中は私にとっては大きく、頼もしかったせいか——眠気がだんだん襲ってきた。

いけない……寝ておけと言われたけれど、それはさすがに申し訳ない。せめて起きて、アーヴィンの話し相手にならなければ！

しかしそんな私の決意も空しく、瞼が自然と重くなっていき——眠ってしまった。

《アーヴィン》

「寝たか」

背中からヒナの安らかな寝息が聞こえ、俺はほっと息を吐いた。

――彼女がいなければ、俺はあそこで野垂れ死んでいただろう。


ヒナを起こさないように森の中を歩きながら、素直にそう思う。

ペルセ帝国の内情を探るために、俺は帝都内に侵入していた。

本来ならひとりで出来ることでもなかったが……いつ死んでもいい俺のような、使い捨ての騎士が派遣されることになったのだ。

何故俺はいつ死んでもいいと見なされているのか？

それは俺が平民上がりの騎士だからだろう。

王国の騎士団には多くの騎士が所属しているが、それらのほとんどが爵位持ちの貴族だ。

彼らは幼い頃から訓練を受け、騎士となる。税金で養われているため、民を守る義務があるからだ。

だが……たまに俺のような平民上がりが武芸の資質を見出され、こうして騎士に抜擢されることがある。

無論、騎士になれば平民では手に出来ないような給金を手に入れることが出来る。商人として成功すれば別だが……そんな商才は俺にはない。

少しでも、一緒に暮らす姉に苦労をかけたくないため……俺は騎士となった。

しかし待っていたのは、騎士団内での俺への蔑《さげす》み。


『どうして平民が?』

『本当に実力はあるんだろうな?』

『あいつは調子に乗っている』


表立ってイジメられたりはしなかったが、そんな言葉がちらほら俺の耳にまで届いてきた。おそらく、聞こえるように言っているんだろう。

彼らは騎士になったからといって、簡単に死ぬわけにはいかない。死んでしまっては、あまりにも他への影響が大きいためだ。

ましてやペルセ帝国内での、秘密の潜入捜査なんてもってのほか。

死んでしまっても、大々的に葬式をあげるわけにもいかない。

そうして俺にお鉢が回ってきた。

あの第三王子は申し訳なさそうに俺に頼んできたが……彼が罪悪感を抱える必要はない。こうなることは、騎士団に入る前から分かっていたからだ。

そして潜入捜査の最中にへまをやらかし、俺はなんとか魔物の森に逃げ込めた。

しかしそこまで。

体も動かなくなり、俺は木の幹にもたれかかって横になった。


――このまま死ぬのか。


俺が死んだら姉は悲しむだろう。しかし俺が騎士団に所属している以上、多額の遺族年金も出る。

それにもしもの時のために、あの第三王子に姉の存在も伝えている。姉が生活に困ることは、万が一にでもないだろう。

そうして俺は諦め、死を待っていた時であった。


『たいへん！　けが、してる！』


突然、子どもが俺の前に姿を現した。

どうして子どもがこんなところに……？　と疑問はあったが、死ぬだけの俺にとっては、それすらどうでもいいことだった。

『俺のことは放っておいて……くれ。このまま俺は死んでいくだけだ。もう……どうでもいい』

そう俺が言い放った後、彼女はひどく悲しそうな顔になった。

どうして彼女が悲しむ必要があるんだろう？　こんな見ず知らずの怪しい男に？　俺と彼女はここで会ったばかりなのに？

疑問が頭の中で渦巻いていると、彼女はこう言った。

『しぬなんて……いわないで』

『え？』

思わず聞き返してしまった。

『しんでもいいひとなんて、いない。すくなくとも、あなたがしんだらわたしが、かなしい。だからしぬなんて、いっちゃ……めっ！　なの』

『……っ！』

その時の俺はさぞ、驚いた顔をしていただろう。

死んでもいい人なんていない――。

そんなことを言われたのは、もしかしたら家族からだけだったかもしれない。

騎士団に所属すると同時に、俺の命はいつ潰《つい》えても問題ないものだと思っていた。

騎士団での俺の役割といったらそうだったし、周囲の人間もそう評価していた節がある。

だが、こんな小さい子にそんなことを言われ……俺は「もう少し、生きていたい」と思うようになっていた。

そしてさらに彼女は【魔導具作成】という凄まじいスキルを保有していた。そのおかげで、致命傷だった俺の傷も一瞬で癒え、俺は死の淵から生還することが出来た。

ヒナには感謝しても感謝しきれない。

しかし——そんな素晴らしい子どもであったが、どうやらペルセ帝国から追放されてしまったらしい。

こんな小さな子を追放だなんて、なにを考えている！

俺は酷く憤った。

しかし——どうやらヒナは俺と同じような感情は抱いていなかったらしい。

——私が悪いから。私が役立たずだから。

と自分を責めていたように思う。

それを見て、俺の中である感情が生まれていた。

ヒナを守りたい——という感情だ。

彼女に幸せになって欲しい。彼女にいつも笑顔でいて欲しい。彼女をこれ以上不幸な目に遭わせたくない。

俺はヒナを自分の街まで招待することにした。

とはいってもヒナをそこで束縛するつもりはない。ヒナがもし、違う場所に行きたいといえば、彼女の自由にさせてあげよう——そう思った。

「ほんとに……この子は気を遣いすぎだ」


こうやっておんぶをされる時にも、ヒナはやんわりと断ろうとした。

もっと甘えるのが普通なんだがな……。

「ヒナが悲しむような目に、絶対に遭わせない」

死んでもいいと思っていた俺に生きる価値を見出させてくれた少女。

すごい魔導具を作る力を持っている少女。

そしてなにより――ヒナは俺をひとりの人間として、純粋な目で見てくれた。

「ヒナは俺が守る」

俺はそう声にするのであった。

《ギヨーム》

一方、ペルセ帝国の宮廷内では……。

「あの役立たずを追放出来て、本当によかったな」

私——ギヨームは部下と言葉を交わしていた。

「全くです。ギヨーム様」

部下の宮廷魔導士が膝を突き、私の持つグラスに赤ワインを注いだ。

「三年前に拾ってやった時は、まさかここまで無能だと思っていなかった」

ヒナ——顔を思い浮かべるだけで、胸がムカムカしてくる。

ペルセ帝国では魔法使いの育成に力を入れている。

魔法は強力な術だ。時によっては、百人の騎士をひとりの魔法使いが薙ぎ払うことも可能。

問題は魔力を持って生まれてくる者が少ないということだが——それもペルセ帝国の力があれば、どうとでもなる。

「手塩にかけて育ててやったというのに、あいつといったら初級魔法すらまともに扱えない。いくら四歳とはいえ、才覚のある者なら中級魔法に手を出してもおかしくないというのに……」

だからヒナを厳しく叱った。

そうしないと、宮廷内での自分の評価に響くからだ。

叱った時は反省したような素振りをヒナは見せ、魔法の練習をするのだが……やはり成長する速度が遅い。

「才能がない者は愚かですなあ。ギヨーム様のお怒りもごもっともなことです」

「当たり前だ！　さっさと自ら命を絶って欲しいと思ったが、なかなかしつこかったからな！　あいつを追放するのは当然の筋だ」

ヒナは諦めが悪く、ことあるごとに自分の存在価値をアピールしていたようだが……そういった行動も私にとっては不快でしかなかった。

「あっ、そうです。ギヨーム様」

「なんだ？」

彼はこう続ける。

「ヒナの作った、あの魔導具はどうしますか？　まだ宮廷内にいくらか残っていますが……」

「魔導具？　ガラクタの間違いではないか？」

鼻で笑う。

部下の言葉で思い出した。

あやつは魔法の才能がないくせに、【魔導具作成】という役立たずスキルを持っていた。

魔導具など本職が作った薬や装備品の劣化版。せめて薬師や鍛冶職人に向いているスキルがあれば別だったというもの……本当になにからなにまで役立たずな子どもだ。

しかしヒナは、どうやらガラクタを作るのが好きみたいだった。

裏でコソコソと作っていたことも知っている。

だから慈悲深い私は、宮廷内の備品が足りない時だけ使ってやったが……ヒナはそんな恩も仇で返しやがった。

「宮廷内に残っているものは全て捨てろ」

彼の質問に、私は答える。

「あいつの作ったものが、まだここに残っていると聞くだけでも鳥肌が立つ。視界にも入れたくない」

「しかしギヨーム様。ヒナの魔導――失敬。ガラクタを使用している者も少なくはないと聞くのですが？」

「なんだ、貴様？　私に逆らうつもりか？」

「め、滅相もございません！」

ひと睨みすると、彼は恐怖で震え上がった。

「い、今すぐガラクタを処分します！」

「分かれば、さっさとこの部屋から出ていけ。明日までヒナが作ったガラクタが残っていればば……どうなるか分かっているな？」

「はっ！」

彼は短く返事をし、逃げるように部屋から出ていった。

「ふう……これでイライラの原因もなくなったな。他にも無能な部下や見習いはいるが……気に食わなかったら、さっさと追放しよう。今回のことで学んだ」

我慢はよくない——ということだ。
私はグラスを傾け、酔いを頭に巡らせるのであった。
——しかしこの時、ギヨームは知らなかった。
ヒナの作る魔導具はガラクタではなく、とんでもない代物だということを——。

二話

◆魔導具ショップ◆

そして私たちは、とうとう街に辿り着いた。

「わぁ～！　ここが、おうと？」

おんぶされながら、私はアーヴィンに質問する。

あれから目が覚めて、そろそろ下ろして……って頼んだんだけれど「気にするな」と彼は頑なにそうしてくれなかった。

まだ私がアーヴィンに気を遣っていると思っているのかなあ？　まあそういう部分はあるかもしれないけれど、そんなこと気にしてくれなくていいのに。

でもおかげさまで、道中は快適な旅でした！

「ああ」

アーヴィンが短く答える。

ゼクステリア王国の王都は、人でごった返していて賑わいがあった。所狭しと建物や出店が並んでおり、活気のある声が周りから聞こえてくる。

ペルセ帝国の外もこんな感じだったのかな？　宮廷からほとんど外に出させてもらえなかったから分からないや。

「じゃあ――取りあえず俺の家に向かおうか。疲れただろうし、ゆっくり休みたいだろ？」

「つかれてないけど、あーびんのおうち、いきたい！」

なんせ、ずっとおんぶされていただけだからね。

「そろそろおんぶ、やめてくれるよね？　わたし、まちのなかをあるきたいよ！」

「……そうだな。街の中だったら比較的安全だし、いいだろう」

アーヴィンが私を下ろしてくれる。

「ありゃ」

久しぶりに地面に両足をつけるものだから、少し変な感じがして転びそうになったけれど……。

「おっと」

アーヴィンがすかさず手を掴んでくれたので、ことなきを得た。

「ごめんなしゃい」

「いいんだ。それにいちいち謝らなくてもいいぞ」

とアーヴィンは笑みを浮かべた。

「はぐれないように、このまま手を繋いでおこう」

「うん！」

アーヴィンが私の手を握る。なんだか端から見ると、お父さんとその子どもって感じだよね。

「よし、行こう」

アーヴィンが歩き始め、私はそれに付いていった。

「あーびんは、ひとりでくらしてるの？」

「いや……姉と暮らしている」

「おねえさま！」

なんだか意外。

世話焼きだから、妹とかいるのかな……？　とは思っていたんだけれどね。

「だが、少し騒がしい。悪い姉じゃないんだけどな。不快だったら、すぐに俺に言ってくれ。姉の頭に拳骨《げんこつ》を落とすから」

「そんなこと、しなくていい！」

わー、アーヴィンのお姉さん！　気になる！

心なしか、私の歩くスピードも速くなる。

街中は人が多く、それをかき分けて進むだけでもひと苦労だ。アーヴィンも気を遣って、私の歩く速度に合わせてくれるんだけれどね。

それにしても……。

「あーびん、みんなにみられてる……」

私はそう呟く。

通り過ぎる人々が、アーヴィンにチラチラと視線をやっていることには気がついていた。

特に女性からの視線が多い。

みな、アーヴィンの顔を見てうっとりとし、一瞬立ち止まったりなんかもする。

カップルらしき女性がアーヴィンを見て、傍らの男性が顔を歪めていたのも分かった。

「……そうかもな」

しかしアーヴィンの表情は陰りを帯びていた。

「あーびん、かっこいいから！　しかたない！」

「…………」

返事がこない。

アーヴィンほどの美形だ。そりゃあ道行く人は、彼に視線を注いでしまうだろう。

前世の私だって、アーヴィンみたいな男の人がいたら見ちゃうかもしれないし。

でも……アーヴィンは嬉しくなさそうだ。

このことについて、あまり突っ込むのはよくないみたいだね。

「ここだ」

そうこうしていると――私たちはとある建物の前に辿り着いたのだ。

「アーくん、おかえりなさい——えっ⁉」

建物の中に入ると、ひとりの女性がそう声を発した。

彼女は私を見るなり、目を大きく開いて近寄ってきた。

「なになにー⁉　この可愛い女の子！　もしかして……アーくん、いつの間にか子どもを作ってたの⁉」

「そんなわけないだろ」

溜息を吐《つ》くアーヴィン。

彼女は膝を曲げ、私と視線を合わせる。瞳がキラキラ輝いていた。

「はじめまして。わたし、ひなでしゅ。もりでまいごになってたら、あーびんにたすけてもらいました」

「初めまして！　私はシーラだよ！　そこのアーくんのお姉さんなんだ！　ヒナちゃん、よろしくね！」

やっぱりこの人がアーヴィンのお姉さんみたいだ。

彼女——シーラさんはいきなり私に抱きつき、ほっぺとほっぺを合わせてスリスリした。

「うーん！　もちもち肌！　可愛い！　まさかアーくんが、こんな子どもを育てていたなんて！」

「俺の子どもじゃないって言っただろう。人の話はちゃんと聞け」

そんなシーラさんの頭を、アーヴィンが軽く叩《はた》いた。

しかしシーラさんは気にした様子もなく、ほっぺのスリスリをやめない。

良い匂いがするなあ。

「ふう……堪能させていただきました。ありがとう！」

「どういたしまして、でしゅ」

私が言うと、シーラさんの表情がさらに緩んだ。

シーラさん……アーヴィンのお姉さんだと聞いていたからなんとなく察しはついていたけれど、この人もなかなか美人さんだ。

黒髪を後ろでひと括りにしている。身長はアーヴィンより頭ひとつ低いくらい？　女性にしては高い方だと思う。

「あーびん、ここは……？」

私はシーラさんから視線を逸らし、アーヴィンに問いを投げかけた。

ここに来る前はただの家――だと思っていたけれど、どうやらそうじゃないみたい。

今、私がいるフロアにはたくさんの商品が並んでいる。お金のやり取りをするスペースもあるし、ここはなにかのお店なのかな？

商品の中には見たことがないものも多く、自然と興味がくすぐられた。

「姉は魔導具ショップをやっているんだ」

アーヴィンが答える。

魔導具ショップ！

もしかして転生してから、こういうお店に来るのは初めてじゃない!?

私は店内を歩き回って、並んでいる魔導具を見ていった。

「それで……アーくん。その子は？　森で迷子になってた……って言ってたけど……もしかして、森ってあの魔物の森のこと？」

「ああ。どうやらペルセ帝国で――」

後ろの方でアーヴィンとシーラさんが話し合っていたが、今の私にとっては最早どうでもいい！　魔導具を見ることで忙しいからだ！

うーん、これはなにかな？　じょうろ？　なんの変哲もないように見えるけれど、僅かに魔力を帯びている。むむむ？　これはどういう効果のあるじょうろなのか気になる～。

なんてことを考えながら魔導具を眺めていると、それだけで時が過ぎるのも早いというものだ。

時間も忘れ、私は数々の魔導具を時には手に取って、思いを馳せていると……。

「ヒナちゃん！」

ふぇ!?

シーラさんの声と同時に、急に後ろから抱きつかれる。

「追放って……そんな可哀想なことがあったんだね！　でも、もう大丈夫！　お姉さんはヒナちゃんの味方だから……」

「シーラしゃん、くるちい……」

あまりに強く抱きしめられるものだから、息苦しい。

そんな私とシーラさんを「ヒナが困っているだろうが」とアーヴィンが剥がしてくれた。

「……まあそんなわけだ。そしてさっきも説明した通り、その子には【魔導具作成】のスキルがある。魔導具師はそんなものなのか？」

「うーん、【器用】スキル持ちはよくいるけど、そんなに直接的なスキルは聞いたことがないね」

シーラさんは腕を組んで、首をかしげた。

「なんかすっごい魔導具を作れるんだよね？」

「ああ。たとえば……」

アーヴィンがマジックバッグからドライヤーを取り出す。

ちなみに……このマジックバッグというのは、中が異空間になっていて、見た目以上にものを収納出来る魔導具らしい。

収納出来る数にもよるが、なかなか高価なもの——ということだ。

「このドライヤーっていう魔導具もヒナが作った。あとはヒナが首にかけているペンダント。

それも魔導具で、重傷を負ってもすぐに治すことが出来る」

「ドライヤー……？　うわっ、スイッチを入れたら熱風が出てきたよ！　これってどういう仕組み⁉　すっごい！」

とシーラさんはドライヤー片手にはしゃいでいた。

「俺としてはしばらくの間、ヒナをここで預かるべきだと思う。ヒナはまだ小さいし、すぐに生活環境を整えることも難しいだろうしな」

「うんうん、そうだね。私もそれに賛成ー！　というかヒナちゃんがよければ、ずっといて欲しい！」

シーラさんが私と向き合う。

「ヒナちゃんはどうかな？　ここで、私たちと一緒に住むのは嫌？」

「そんなこと、ない！　わたしも、シーラさんたちといっしょに、すみたいでしゅ！」

私にとっても渡りに船の申し出だ。拒否する理由も見当たらない。

それに……アーヴィンの家が、こんなに素敵な魔導具ショップだとは思っていなかった！

ここだったら、魔導具を眺めているだけでも一日中過ごせる！

言うと、シーラさんは笑顔になって私の手をぎゅっと握った。

「そっか！　じゃあ、よろしくね！　ヒナちゃんをもう辛い目になんか、遭わせないから！」

アーヴィンのお姉さんもとっても良い人だ！

いきなり居候することになった私に、こんなに優しくしてくれるなんて……うっ、人の優しさに慣れていなかったから、また泣いちゃいそうになるよ。

「それにしても……アーくんが他人に興味を持つなんて珍しいね？　こういうこと、アーくんは嫌いそうなのに」

私の手を握った状態で、ニヤニヤ笑顔で彼女はアーヴィンを見る。

「……うるさい」

照れたようにして、アーヴィンはさっと視線を逸らしてしまった。

ふうん？　アーヴィンは他人に興味がない？　そういう風に見えなかったけれどな……じゃないと、私をここに連れてこようなんて思わないはずだし。

まあアーヴィンにも色々あるんだろう。そう納得することにした。

「あっ、それからヒナちゃん。ひとつ、忠告していいかな？」

「んー、なあに？」

「あなたの【魔導具作成】というスキル……アーくんから聞く限りとんでもないものだけど、あまり人に言わない方がいいと思う。それだけ破格のスキルだったら、悪用しようとする人もいるだろうし」

「わかった！　おくちにちゃっく、でしゅね！」

「よく出来ました！　ヒナちゃんは賢いね！」

とシーラさんは私の頭を撫でてくれた。

その後「ところで『ちゃっく』ってなに？」と質問されて、それについて上手く答えるのに苦労した。

――ともあれ。

三人で一緒に暮らすことになりました。


翌朝。

「ヒナちゃん、おはよー」

「おはよう、ござい……ましゅ」

瞼を擦《こす》りながら、一階に下りる。

ちなみに……この魔導具ショップは一階が売り場フロアになっていて、二階が私たちの居住スペースになっている。

昨日はふかふかベッドで寝ていたが……これまた、毛布が柔らかい！

なにこれ⁉　……って感じで、アーヴィンにおんぶしてもらいながらあんなに寝ていたのに、横になった瞬間すぐに寝付いてしまった。四歳の体ってすごいね……いくらでも寝られる。

宮廷時代はもっと硬いベッドで寝かされていたんだけどなあ。

まああそこが特殊だったということかもしれない。

「あーびんは？」

寝起きでまだ頭がふらふらするけれど、私はシーラさんにそう問いかけた。

「アーヴィンだったら、騎士団のところ。今回の任務の報告に行ってるみたいだよ」

ああ……そういえば、アーヴィンってゼクステリア王国の騎士だって言っていたね。

「ほんと……いっつも危険な任務ばっかりやらされてて……アーくんが可哀想。自分は平民上がりの騎士だからしょうがないってアーくんは言ってたけど、いつか騎士団に文句を言いにいくんだから！　まあ絶対にやめてくれって止められてるけど」

ぷんぷん怒るシーラさん。

昨日から分かっていたけれど、シーラさんは弟のアーヴィンのことが大好きみたいだ。

彼を心配している様子がよく分かる。

「ねえ、ヒナちゃん。アーくん、今回のお仕事でどんなことをやってたか知ってる？」

「え、えーっと……」

どうしよう……あまり詳しくは私も知らないけれど、ペルセ帝国の人と戦っていたって言ってもいいのかな？

この様子だと、シーラさんにも詳しいことは言ってないみたいだし。

私が困っていると、シーラさんはそれを手で制し。

「いいの、言いにくかったら。あの子も私に気を遣って、騎士団でのお仕事のことはあまり言ってくれないからね」

「そうなの？」

「うん。きっと私を心配させないようにしているんだと思うけど……余計に心配するわってね。まあアーくんが言い出すまで待ってようか」

シーラさんは慈悲深いお母さんのような眼差しをしていた。

「そういえば……アーヴィンと、シーラさんのおとーさんおかーさんは？」

「……両親は私たちが幼い頃に亡くなってね」

表情が陰を帯びるシーラさん。

「ご、ごめんなしゃい！　わたし、しらなくって……」

「ううん、いいのいいの！　ずいぶん昔のことだから、もう気持ちの整理もついているし！お父さんとお母さんが残してくれたこの魔導具ショップもあるんだし、私は平気」

と彼女は腕をぎゅっと曲げて、ガッツポーズを作る。

そういえば、前世の私のお父さんとお母さんはどうしているんだろう……？　娘が過労死って、聞いたら悲しむだろうなあ。

お父さんとお母さんの顔を思い浮かべたら、胸が苦しくなった。

「……さあて！　湿っぽい話はこれで終わり！　今日も楽しく一日を過ごしましょー！」

そんな雰囲気を振り払うかのように。

シーラさんはパン！　と手を叩いた。

「まどうぐしょっぷってことは、シーラさんもまどうぐし？」

「うん、そうだよ。とはいっても、私の作る魔導具はヒナちゃんのに比べたら大したことないけどね。どっちかというと、接客や営業してる方が好きなんだ」

「シーラさんのえがお、すてき。きっとおきゃくさんも、いっぱいくる！」

「ありがと！　ヒナちゃんの笑顔も素敵だよ！」

そう言って、シーラさんは私をむぎゅっと抱きしめる。

シーラさんは美人なんだし……彼女目当てに来るお客さんがいても、不思議じゃないだろう。

「ひなちゃん。よかったら、魔導具を作ってみる？」

「うん！」

彼女の言葉に、つい声が弾んでしまう。

「だったらここが作業部屋なんだけど……」

扉で区切られた部屋にシーラさんは案内してくれて、私も彼女の後に入る。

「わあ〜っ！」

部屋の中はあまり広くはない。

だけど十分な大きさの作業机。部屋にはびっしりと棚が置かれており、そこに魔導具の素材がたくさん並んでいた。

「いっぱいまどうぐ、つくれましゅ！」

思わず表情をパアッと明るくしてしまう。

それを見て、シーラさんは微笑ましいというような顔をした。

「ヒナちゃんがよかったら、いくらでも作っていいんだよ。どうせ私は大したものは作れないんだし」

「いいの？」

私が言うと、彼女は笑顔で頷いた。

数は多くないけれど、魔石もあるね……鉄ってこの世界じゃ貴重だったと思うけれど、鉄板もある！

その他にも薬草やポーション、お喋り草なんていう珍しい素材だったり――これだけあれば、魔導具を作るのにはしばらく困らなそう。

「だったら、わたし。まえからつくってみたかったやつ、つくるー」

「前から作ってみたかった？」

シーラさんが首をかしげる。

私は頭に魔導具のレシピを思い浮かべ、それに必要となる素材を集めていく。これも【魔導具作成】スキルのおかげだ。

……うん！

これだったら、ひとつくらいはなんとか作れそう！

「ちょっと、みててね……ていっ！」

集めた材料たちに魔力を注ぐと部屋が光で包まれ、やがて手の平サイズの機械が出来た。

「これは……？」

卵にもよく似たそれを、シーラさんが手に取る。

「ほんやくきー」

「ほんやく、き――翻訳機？　どうやって使うの？」

「おそとにいこー」

シーラさんの服の裾を引っ張って、店の外に出た。

えーっと、なにか丁度いい相手は……。

「ことりしゃん！」

少し歩いた先に、小鳥が地面に落ちている食べ物のカスを啄《ついば》んでいるのを見つけた。

小鳥は私たちに気付いたのか、クリクリの瞳を向ける。

「シーラさん。それ、ちかづけてみるでしゅ」

「これを？」

シーラさんが不思議そうにしながらも、翻訳機を小鳥の近くに持っていった。

すると……。

『なんだこらー！　もしかして、俺っちの食べ物を取る気か、てめー。ゆるさねえぞ！』

と翻訳機から声が発せられ、シーラさんが驚く。

「え、え⁉　誰の声？」

「ことりしゃんの、こえだよ」

「小鳥の……？」

「うん！　たべものをとられるっておもって、けいかいしてるみたい――ことりしゃーん！

とるつもりはないですよ。ゆっくり、めしあがれ！」

今度は私が翻訳機に話しかけると、そこから魔力波が発せられ、小鳥に届いた。

『分かればいいんだ、このやろー！』

小鳥はそれに安心したのか、再び食べ物のカスを啄み始めた。

周りの道行く人々は、そんな私たちの様子を訝《いぶか》しむような目で眺めていた。

「ヒナちゃん、これって……」

「どうぶつたちと、これでおはなしができる！」

そう――これが私の作りたかった魔導具！

鉄板　＋　雷の魔石（低級）　＋　お喋り草　＝　翻訳機

・翻訳機
動物や魔物とお話出来る魔導具。お喋り好きにおすすめの一品。

前世から、動物たちと会話が出来たら、それはなんて素敵なことだろう！　と思っていたのだ。

私に【魔導具作成】というスキルが備わっているのを初めて知った時、思い付いたのがこれだった。


だけどペルセ帝国ではろくな素材も与えられなかったので、私の夢は叶うことがなかった。

それなのに……ゼクステリア王国に来たら、こんなに簡単に作れるなんて！

私の夢がひとつ叶いました！

……ということをシーラさんに話すと。

「すごい！」

と彼女は私の両脇に手を入れて、そのまま抱き上げた。

「ヒナちゃん、すごいよ！　夢が叶ってよかったね！　動物と言葉を交わす魔導具を作っちゃうなんて！」

彼女はそのままグルグルとその場で回り出した。

「シーラしゃん、めがまわる！」

「あっ、ごめんね」

シーラさんが謝り、私を地面に下ろす。

そして魔導具ショップの中に戻り、こう続けた。

「アーくんから聞いてたけど……本当に一瞬で魔導具を作れるんだね！　ペルセ帝国があなたをクビにするなんて、信じられない！」

「あーびんにもいわれたけど、そんなにすごい？」

「すごいよ！　魔導具師は薬師や鍛冶職人に比べて、低く見られがちだけど……ヒナちゃんは特別！　こんなのがあったら、ここも大繁盛だね！」

嬉しそうなシーラさん。

そんな彼女を見ていると、私の方こそ嬉しくなった。

——魔導具師デビューは上々の結果だったみたいだ。

◆魔獣◆

夜。

「う〜ん、ヒナちゃん、すごい……可愛い……」

私の隣ではシーラさんが寝言を言いながら、眠っていた。

昨晩——アーヴィンが、

『危ないから、俺の近くで寝ろ。寝ている間、なにが起こるか分からないからな』

と私を自分の寝室に連れて行こうとしたが……。

『もう！　アーくんはえっちなんだから！　こんな可愛い女の子と一緒に寝るって、どういうつもり？』

『な、なにを言っている！　俺はただ……ヒナのことが心配で……』

なんてやり取りがあって、昨日から結局私はシーラさんと寝ることになったわけだ。

「なんだか目が覚めちゃったな……」

どうしてだろう？

前世では眠りが浅かったたし、夜中に目が覚めることはしょっちゅうだったが……転生してからは、こんなことは滅多になかった。

もう一度、瞼を閉じようとすると……。

『……助けてあげて』

と声が聞こえた。

「こえしゃん⁉」

私はそれを聞いて、急いで上半身を起こす。

そう――魔物の森で私を導き、助けてくれた『声』が再度聞こえてきたのだ。

『……あまり長く……喋れ、ません』

しかし『声』はあの時より、はっきりとは聞こえない。途切れ途切れって感じだ。

「どうちたの？」

私は声を発するが、隣で寝ているシーラさんが起きる気配はない。

『……獣が傷ついて……早く、森まで……』

「もり？　もりって、まもののもりのことだよね？」

『そう……早く……』

それで最後――『声』は聞こえなくなった。

「けものがきずついてて……それをわたしに、なおして……？」

訳の分からないことは多い。

でも『声』の様子から察するに、事態は一刻を争いそう。

「いかなきゃ」

私は起き上がり、シーラさんに「すぐ、もどってくる」と小声で言って、肩をポンポンとしてから部屋の外に出る。

しかし……。

「どこに行くつもりだ？」

出てすぐのところで――男性の声に呼び止められた。

「ひっ！」

真っ暗闇の中、急に声をかけられたのでビックリしてしまう。

「そう驚くな。俺だ」

おっかなびっくり――声の方を振り向くと、アーヴィンが壁にもたれかかって私を見ていた。

「あーびんも、おきたの？」

「ヒナたちの部屋から、物音が聞こえたからな。なんか嫌な予感がして、部屋の中に入ろうかと思っていたところだ。しかしお前が出てきたから……」

深夜だよ!?

いくらアーヴィンと部屋が隣とはいえ……少し物音が立ったくらいで見に来ようとするなん

て、どれだけ過保護なの⁉

——と思わないでもなかったが、どちらかというとアーヴィンの心遣いを嬉しく思う気持ちの方が大きかった。

「だれかがたすけを、よんでる」

「助けを？」

「こえがきこえる。まもののもりに、いく。そこに、わたしのたすけをもとめてるだれかが、いるの」

必死に説明する。

アーヴィンは困惑している様子。

やがて、彼はこう口を開いた。

「……お前の言っていることが本当だとしよう。だが、どうやってそこまで行くつもりだったんだ？」

「ぐっ」

彼の的確な指摘に、私は言い淀んでしまった。

それを見て、アーヴィンは呆れたように溜息を吐く。

「お前ひとりでは行けないだろうが。森までは、まあまあ距離がある。お前の足では、早朝までに辿り着くことも不可能だろう。それに仮に辿り着いたとしても魔物がうじゃうじゃいるような森に、お前ひとりで行くつもりだったのか？」

「で、でも……わたしが、いかなきゃ」

『声』を聞いて、そんなまともな思考が働かず、行動を急いでしまったことは否めない。

でも、だからといって私の助けを求めている誰かを、このまま見逃すわけにはいかないのだ。

アーヴィンがじーっと私の瞳を見て、

「……仕方ない。俺も行く」

と諦めたように口にする。

「いいの？」

「ああ。俺と一緒なら早朝までには森に辿り着くだろうしな。しかし……森の中では絶対に俺から離れるな。少しでも離れれば、ヒナみたいなか弱い女の子はすぐに魔物に喰われるぞ」

「うん！　ありがとー、あーびん！」

私がにぱーっと笑みを浮かべると、アーヴィンは「え、笑顔の破壊力……」と何故だか目尻を下げた。

「……よし、ヒナ。おんぶするぞ。そうやって走った方が早いからな」

「あい！」

またアーヴィンにおんぶしてもらう。

いつもおんぶしてもらって悪いな……いつかアーヴィンに恩を返せればいいんだけれど、いつになることやら。

「少し飛ばすぞ！　しっかり掴まってろ！」

「ひゃっ⁉」

アーヴィンが床を蹴ると、まるで風に乗ったように景色が後ろへと飛んで行った。

は、速いー⁉

私は振り落とされないように、アーヴィンの肩を必死に掴んだ。


アーヴィンにおんぶされたまま魔物の森に到着。

は、速かった……あっという間に着いてしまった。騎士の人たちはみんな、こんなに足が速いのかなあ？

「どっちだ？」

『あっち』

アーヴィンの質問に答えたわけではないと思うが——再び、あの時の『声』が聞こえてきた。

今度は、はっきりと聞こえる。

きっとここが森の中だからだろう。

「あーびん、あっち！」

「おう」

指差しながら、『声』を頼りにアーヴィンを案内する。

どんどん森の奥に入っていく。

そして……それはアーヴィンが走り出してから、あまり経っていないだろうか。

「あっ！」

思わず声を出してしまう。

同時にアーヴィンもそれの前で立ち止まった。

——大きな岩の上。そこは平べったい舞台のようになっている。

そこに——横になった、白い毛並みをした獣がいたのだ。

月明かりがその獣を照らしているせいだろうか……獣の体から神秘的な光が発せられているようだった。

「フェンリル……！」

アーヴィンの声が強ばる。

フェンリル？

それってあの、前世であったＲＰＧとかによく出てくる仮想の生き物だよね？

獣——フェンリルは私たちに気付き、こちらに顔を向けた。

「がるるるっ……！」

ふらふらとその場で立ち上がり、私たちを威嚇する。

その威圧感にさすがに私も恐怖を感じた。

でも……このフェンリル、酷く弱っているような？　とてもしんどそう。

「あっ！　けがしてる！」

声を出す。

フェンリルの右足の付近から血が流れていたのだ。

「たいへんっ！　あーびん、わたしをおろして！」

「な、なにを言っている、ヒナ⁉　相手はフェンリルだぞ？　魔獣の一体に数えられる存在だ」

「ま、じゅう？」

「人間の敵だ。滅多に人前に姿を現さないものだが……まさかこの森にフェンリルがいるなんて」

アーヴィンは唖然としながらも、私を必死に止めていた。

この世界にフェンリルがいるなんて知らなかったけれど――珍しいという点は、前世の私の知識と大体一緒だ。

だけど今はそんなことを言っている場合ではない。

「あーびん、おろして」

もう一度、力強く言葉を放つ。

「きっと、わたしはあのこをたすけるために、ここによばれた。あのこをたすけなくちゃ、わたしがここにきたいみがない」

「し、しかしだな……」

「あーびん」

「……っ！　分かった。一緒に行こう」

アーヴィンが私を地面に下ろしてくれる。

トコトコトコと私はフェンリルに向かって歩き出し、その後ろをアーヴィンが心配そうに付いてきてくれた。

「がうっ！」

しかし接近しようとすると、フェンリルが大きく鳴く。アーヴィンが私を守るように、前に立ちふさがった。

うー……せめてフェンリルとお話出来ればいいんだけれど……。

あっ、そうだ！

「ほんやくき！」

私はごそごそっとポケットの中を漁り、そこから昼に作った卵形の翻訳機を取り出した。

「ふぇんりるさん、きこえましゅか？」

「がうっ、がうっ！」

『――近付くな！　人間は信用ならん！』

翻訳機がフェンリルの鳴き声を変換する。

「だめです。しんようできないのはしょうがないけど……けがしてるじゃないでしゅか。あなたひとりじゃ、なおせそうにない」

『……っ⁉』

フェンリルの息を呑む音。

『お主……我が輩の言葉が分かるというのか？　従魔契約もしていないのに、どうしてだ？』

「ほんやくきが、ある。これがあれば、あなたとおはなしもできましゅ」

どうだーと言わんばかりに、私は翻訳機を掲げた。

フェンリルは訝しむように翻訳機に一瞬視線を向けたが、すぐに「ぐるる……」と唸り出した。

『まあ……そのほんやくきとやらが、なんなのか分からぬが、我が輩の考えは変わらぬ。お主からは敵意を感じない。だが、どちらにせよ我が輩は人間の施しを受けるつもりはない』

「にんげんが、しんようできないから？」

『そうだ』

私とフェンリルが会話している光景を眺め「それがシーラの言ってた翻訳機か……」とアーヴィンが驚いたように声を上げた。

「どうして、しんようできないの？」

『人間はいつも考えが汚い。この傷も人間にやられたものだ。矢で攻撃されたのだが……ヤツらは矢に毒を塗っておった。そのせいで我が輩の力だけでは治せぬ』

毒！　だったら、なおさら早く治さないとダメじゃん！

「わたし、わるいことしないよ？」

『仮にそうだとしても、人間に助けられるくらいなら死んだ方がマシだ！』

力強くフェンリルは声を発する。

死んだ方がマシ――その言葉を聞いて、私の中でスイッチが入った。

フェンリルに向かって足を踏み出そうとすると、

「ヒ、ヒナ！」

「だいじょぶ」

すかさずアーヴィンが止めようとしてきたが、気にせず歩を進める。

「めっ！」

フェンリルに触れるくらいまで近付いて、私はそう指を一本立てた。

突然のことで、フェンリルは反応しきれていないみたい。

「しんだほうがまし、っていっちゃだめ！　どうしてみんな、そんなことをいうの！　いきてたら、きっといいことある！」

アーヴィンといいフェンリルといい……この世界の人たちは、自分の命を大切にしなさすぎだ。

それは平和な日本で生まれ育った私だから、そう思うのかもしれない。

フェンリルは私の言葉にきょとん顔であった。

「すぐ、なおすから」

私は癒しのペンダントを使い、フェンリルの右足に光を当てる。

フェンリルは諦めたのか――私がそうしても、抵抗しようとしなかった。

この癒しのペンダントは、前世でいうところの放射線治療機みたいなもの――と感じていた。

ならばこうして、患部の奥にまで光を当て、潰瘍《どく》を消すのはお手の物で……。

「なおった」

私は癒しのペンダントを離す。

フェンリルの右足付近の傷がすっかり元通りになっていた。

『治った……？　気分も楽になったぞ？　まさか、そのペンダントで我が輩の体を蝕んでいた毒を消したというのか？』

「そうでしゅよ」

フェンリルは驚きを通り越して、戸惑っているようだった。

「……相変わらず、ヒナの作る魔導具は規格外だな」

後ろからアーヴィンの声も聞こえる。心配させてごめんね。あとでちゃんと謝ろう。

「どう？　まだしんだほうがまし、っていうの？　せっかく、きずがなおったのに？」

『……いや』

フェンリルが立ち上がり、私の前で頭を垂れた。

『お主が人間とはいえ、助けられたことに変わりはない。深く礼を言うぞ』

「どういたしまちてー」

良かったー！　元気になってくれて！

ほっと胸を撫で下ろす。

それよりも……。

「ふぇんりるしゃん」

『なんだ？』

「からだをさわってみても、いいでしゅか？」

『ん……まあそれくらいならいいが……？』

首をひねるフェンリル。

や、やったー！

ひと目見た時から、もふもふの白い毛に視線を奪われていたのだ。

もふもふと触りたいと思っていたけれど、それよりも傷を治さないと、と思っていたから……我慢していた。

傷も治ったことだし、念願のもふもふタイムだ！

「しつれいしましゅ」

私は恐る恐る、フェンリルの体を触ってみた。

や、柔らか～い。

なにこれ⁉　本当にただの毛なの？　柔らかすぎてマシュマロみたいだよ！

「ていっ！」

「ヒ、ヒナ⁉」

試しに顔を埋めてみた。

アーヴィンの慌てる声も聞こえたが……そんなことより、今の私には大事なことがある。

もふっ。

顔を押し込めば押し込むほど、だんだん埋まっていく！　このまま出られなくなるんじゃないだろうか？　そう思ってしまうくらいの柔らかさだった。

「あっ、ごめんなしゃい！　すばらしい、けとからだでございました。ありがとうございましゅ！」

あまりにもふもふするのに夢中になってしまった。

謝って、すぐに手と顔を離す。

『いい。それにしても、お主。我が輩のこの体を素晴らしいと言うなんて、おかしなヤツだな。我が輩を見た人間はみんな恐れおののき、触ろうなんて真似はしなかったが……』

「そうなんでしゅか？」

『うむ。せいぜい剣を突き立てようとしたくらいだ』

うわ〜、もったいないことするね。こんなにもふもふなのに、攻撃することしか考えていないなんて！

——さて。

私がここまで夢中になってしまったのには理由がある。

それは前世で犬や猫を飼うのに憧れていたからだ！

実家もペット不可のマンションだったたし、ひとり暮らしするようになってからも賃貸住まいだった。

なので小さな頃から、ペットを飼っている友達を見ると「いいな〜」と指をくわえて見ることしか出来なかった。

たまに犬カフェや猫カフェに行っていたんだけれどね。その時、半日も滞在してしまって、店員に嫌な顔をされたのも良い思い出だ。

「……フェンリルにそんなことをするなんて、世界広しといえどもヒナくらいだろうな」

後ろを向くと、アーヴィンがそう肩をすくめていた。

「ふぇんりるしゃんは、ここにすんでるんですか？」

『住んでいるわけではない。気ままに世界中を旅していた。フェンリルは誰かの従魔にならない限り、定住しないものだからな』

「そうなんでしゅか……だったら、こうやってたまにもふもふさせてもらうこと、むりですか？」

しょぼーんと私は肩を落とす。

そんな私を見て、なにか閃《ひらめ》いたかのようにフェンリルが言う。

『……よかったらお主、我が輩と従魔契約してみるか？』

「じゅーま、けいやく？」

首をかしげる。

さっきから従魔従魔と言っていたけれど、いまいちよく分からなかったので聞き流していたのだ。

「時にフェンリルのような魔獣は主《あるじ》を見つけ、その者に従う生き物だ。従魔となった魔獣は主を守るために戦うことになる」

疑問に思っていた私に、アーヴィンがそう説明してくれる。

「けいやくをしたら、ふぇんりるしゃんはわたしのちかくにいてくれますか？」

『うむ。死ぬまでお主の傍にいよう』

そんな素敵なことが！

「だったら、したいです！　じーまけいやく、しましゅ！」

私のために戦う――なんてことしなくてもいいから、私の隣にいてください！　そしてたまにもふもふさせてください！　それで十分ですから！

「フェンリルと従魔契約？　そんなの聞いたことがないぞ！」

傍らにいるアーヴィンは驚きの声を上げていた。

フェンリルは「ふっ」と笑い、

『分かった。では手を我が輩の額に当てるのだ』

と体勢を低くした。

私は言われた通り、右手をフェンリルの額に当てる。

すると――そこを中心として優しい光が発せられる。

そしてそれがなくなった頃には、フェンリルの額に小さな文様が浮かび上がっていた。

『これで従魔契約は完了だ。それから……我が輩と喋る時は、その翻訳機がなくても大丈夫だぞ。従魔と契約した主は、魔獣と会話することが出来るからな』

どうやらあっという間に済んでしまったみたいだ。

うーん、契約したからといって私自身はなにも変わってないけれどね。強いて言うなら、フェンリルの額に可愛らしい文様が出来たくらい。

半月のような文様で、それがなんだかフェンリルにとっても似合っていた。お洒落！

「ほ、本当に契約を交わしたというのか……？　すごすぎる……」

私はよく分からないけれど、アーヴィンは唖然としているようだった。

翻訳機がなくても喋れる……というけれど、アーヴィンのためにしばらくはこれを通して会話をしよう。

『それから……敬語を使わなくても十分だぞ。立場的にお主の方が我が輩より上なのだからな。ざっくばらんな話し方で問題ない』

「うーん、だったらそうする！」

別に私の方が上だとは思っていないけれど、フェンリルと仲良しになりたいからね！

あっ、そうそう。

「ふぇんりるふぇんりる……ってよぶのも、きょりをかんじる。なまえをつけてあげるね」

腕を組み少し悩む。

しかしフェンリルを見ていたら、自然と名前が頭に浮かんできた。

「ハク！　あなたは、これからハク！　いい？」

『ハク……か。ふっ、気に入ったぞ』

とフェンリル――ハクは笑いを零《こぼ》した。

「あっ……もう、あさ」

気付けば、辺りが仄かに明るくなり出していた。

「……色々言いたいこともあるが、そろそろ街に戻るか」

アーヴィンが朝日を見上げながら、そう口にする。

忙しい夜だったね……急に『声』に呼び出されたかと思ったら傷ついたハクに出会って、従魔契約なんてしちゃったんだから。

従魔契約がいまいちなんなのか分かっていないが、アーヴィンの様子を見るにすごいことなんだろう。

「ふわぁ……ねむくなって、きまちた……」

安心したせいか、急激に眠気が襲ってきた。

四歳の体って睡眠を求めているな……前世で死に際だった頃は、エナジードリンクを飲んで仕事で徹夜していたこともよくあったのに……今だったら、絶対に無理だよ。

「ヒナ。また俺がおんぶ――」

『よかったら、我が輩の背中に乗るか？』

アーヴィンが口を開こうとすると、ハクがそう上から言葉を重ねる。

「いいの？」

『うむ。それくらい問題ない』

「いや、ヒナは俺がおんぶする。従魔契約したとはいえ、俺はまだお前を信頼していない。ヒナだって俺の背中の方がいいはずだ」

『人間よ。考えが浅いな。ヒナは我が輩の体にぞっこんのようだぞ?』

アーヴィンとハクが視線で火花を散らせる。

でも……私の答えは決まっている。

「かえりは、ハクがいい……ハク、もふもふしたい」

『決まりだな』

「なっ……!」

ハクが勝ち誇った顔をしている一方、アーヴィンは唖然としていた。

ごめんね、アーヴィン。でも今はもふもふの欲求には勝てないのです。

その後、ハクが再度体勢を低くしてくれて、私はその背中に乗った。

うわあ……やっぱりふかふかだあ。

街の魔導具ショップの布団もふかふかだったけれど、さすがにこれとは比べものにならない。

私は一瞬で眠りに落ちてしまい、気付けば王都に着いていたのだった。

《ハク》

我が輩はヒナを背中に乗せ、街までの道中を歩いていた。

「どういうつもりだ？」

するとーー隣り合って歩く男が、警戒を強くしてそう訊ねた。

確か……アーヴィンという名だったか？

ヒナがそう呼んでいたことを思い出す。

『どういうつもり……とはなんのことだ？』

翻訳機とやらを通して、アーヴィンと言葉を交わす。

全く……ヒナはとんでもないものを作る。魔導具と呼ばれるものだったと思うが、こういうのが人間社会で流通しているとは聞いたことがない。

我が輩が問うと、アーヴィンは怖い顔をしてこう続けた。

「なに。ずいぶん心変わりが早いと思ってな。あれほど、俺たち人間を信頼していなかったというのに」

『心変わりが早い……か。まあ確かにそうかもしれぬな』

アーヴィンの物言いに、つい笑みを零してしまった。

『我が輩も自分で驚いている。人間と従魔契約など死んでも嫌だと思っていたんだがな。しかしーーヒナの顔を見ていたら、全てが吹っ飛んだ』

人間は嫌いだ。

いつも卑怯な手を使ってくる。

我が輩の存在は人間にとって脅威であろう。怖がるのは無理もない。

しかし真正面から戦ってくるならともかく、人間はいつも搦《から》め手を使って、我が輩をハメようとしてくる。

そんなに我が輩に死んで欲しいのか……。

あちらから手を出してこない限りは、我が輩が攻撃したことはないんだがな。

だが。

『ヒナは我が輩に生きろと言ってくれた。今まで、我が輩にそんなことを言う人間などいなかった。みな、我が輩を殺そうとした』

彼女は違った。


——めっ！


威嚇する我が輩に近付き、ヒナはそう指を立てた。

それはまるで親が子どもを叱るような仕草だ。

目の前でなにが起こっているか分からず、あの時の我が輩は思考が停止してしまった。


——いきてたら、きっといいことある！

我が輩にヒナはそう言った。

そんな考えは今まで我が輩に存在していなかった。

生きることとは戦うことである。

自分が生きるために他者の命を喰らう。ゆえに——同じように我が輩の命が他者に奪われようとも、仕方のないことだと思っていた。

「お前も……ヒナに生きる意味を教えられたってことか」

『ん？　お主もなのか？』

問いかけるが、アーヴィンから答えは返ってこなかった。まあ彼の表情を見ていれば、自ずと分かるがな。

『ヒナは我が輩のことを魔獣だと意識していない……ように思える。我が輩と契約すれば、大きな武器になる……なんてことを考えていないように思うのだ』

「違いないな」


——からだをさわってみても、いいでしゅか？

そう言って、我が輩の体を触るヒナは幸せそうだった。

人間に触られても、不思議と嫌な気分にならなかった。

『純粋に我が輩を真っ直ぐ見てくれる。今まで、そんな人間もいなかった』

「ヒナはそういう子だ。俺のことも澄んだ目で見てくれる」

ほう――。

どうやらこの男もヒナの魅力に惹かれた人間のひとりらしい。

『ヒナを守りたい――どうやら我が輩とお主の目的は同じようだな』

「みたいだな」

だったら、アーヴィンも我が輩の味方だ。

それ以上、街に帰るまで彼と必要以上に会話はしなかった。

しかし同じ目的を持った我が輩たちは、言葉を交わさずともお互いの気持ちが分かるような気がした。

・・・・・・

「ヒナちゃん！　アーくん！　どこに行ってたの！　朝になったらふたりともいないからさ！どこかに行くなら書き置きのひとつくらい残しておいてよ。心配したんだか、えええぇぇぇええええ!?」

魔導具ショップに帰ると。

シーラさんはフェンリルのハクを見て、腰を抜かしてしまった。

「な、なに、それ!? もしかして……フェンリル？ ははは。そんなわけないよねー。フェンリルが街中にいるわけないいし。でも犬にしては大きすぎるような……」

「ふぇんりるだよ」

「なんでーーーーーー！」

私が答えると、シーラさんは余計に驚いてしまった。

仕方ないよね。

私だって、こんなに大きな動物を連れ帰ってきたら、驚くことは驚くと思うし……まあそれ以上に「もふもふしたい！」という衝動が勝つ自信があるけどね！

『ハクだ。ヒナの従魔となった。よろしく頼むぞ』

翻訳機を通してハクが言うが、シーラさんはそれどころじゃないみたいだった。

「シーラ、落ち着け。実は……」

説明が苦手な私に代わって、アーヴィンが事情を説明してくれた。


すると。

「そういうことだったの！　ヒナちゃんはすごいね！　こっんなに大きな動物と従魔契約をするなんて！」

とシーラさんはハクの体をもふもふと触ったりしていた。

シーラさん……物分かりが良すぎる。細かいことはあまり気にしないタイプなだけだと思うけれど。

「ここで、かう。シーラさん、いいでしゅか？」

「うん！　もちろんだよ！　でも……」

シーラさんが困ったように頬に手を当てる。

「飼うにしては少し大きすぎるよね……このお店もあんまり広くないし。ハクくんはそれでもいいのかな？」

「飼うって……ハクはペットじゃないぞ」

彼女の様子に、アーヴィンは溜息を吐いた。

でもシーラさんの言うことにも一理ある。

ハクは入り口を壊さなくてもなんとか入れるサイズだしね。

それに街に入ってここに来るまでの道中、ハクは周囲からの注目を浴びていた。

まあアーヴィンが逐一睨みをきかせて、騒ぎが大きくならないようにしてくれたけれど……

このまま注目を浴び続けるとなったら、ハクも住みにくいだろう。

そんなことを考えていると。

『なんだ。そんなことを心配していたのか。その心配なら無用だ』

しゅるしゅる〜。

そんな感じで、なんとあっという間にハクがちっちゃくなってしまったのだ！

ちっちゃくなったといっても、まだ大型犬くらいのサイズはあるけどね。

だけどこれならここで飼うとしても、あまり困らないだろう。

『サイズくらい自在に変えられる。フェンリルをあまり舐めないで欲しい』

えっへんって感じでハクが鼻で息をした。

いただきました！　もふもふフェンリルのドヤ顔！

「わあ、すごいすごい！　ハクは、じまんのぺっとだよ！」

『ペットじゃない。従魔……まあどっちでもいいか』

私が体を撫で撫でしてあげていると、ハクは諦めたように息を吐いた。

「これくらいだったら問題ないね！　それに……最初は驚いたけど、よくよく見るとフェンリルも可愛い！　また家族が増えて、私も嬉しいよ！」

ふふふ、どうやらシーラさんもフェンリルの魅力に気付きましたか。お目が高い。

「フェンリルを前にして、この落ち着きようは異常だが……ふたりが喜んでいるなら、まあいっか」

私たちがもふもふしているのを見て、アーヴィンは頭を掻いていた。

◆ペルセ帝国の噂◆

少し落ち着いてから、私たちは二階に上がって話し合いをすることになった。

私、アーヴィン、ハクというメンバーだ。

魔導具ショップ自体は営業中ということもあって、シーラさんは一階で店番をしている。

彼女は「んー、私も行きたいけど……」と唇を尖らせていた。ごめんね、シーラさん！

「それで……だ。どうしてハクはあんなことになったんだ？　ハクに毒矢を浴びせたヤツは誰だ？」

アーヴィンがそう話を切り出す。

『ペルセ帝国の連中だ。あいつらと戦っていた』

ハクが忌々しげに口にした。

ペルセ帝国という単語が出て、一瞬私の体がピクリと反応したためか……。

『どうした、ヒナ。ペルセ帝国になにか嫌な思い出があるのか？』

「ある」

『ほお？』

「ヒナはペルセ帝国の宮廷で魔法使い見習いだったんだ。しかしそこを追放されて……」

私が言いにくそうにしていたためか、アーヴィンが代わりに説明してくれた。

するとハクは声に怒気を含ませ、

『信じられない連中だな！　ヒナのような子どもを追放するなんて！』

と「がるるるっ」と唸った。

「そのことについては、また話し合おう――で、どうしてペルセ帝国のヤツ等と交戦に？」

『おそらく、フェンリルである我が輩を捕らえたかったのだろう。人間は卑怯なヤツが――多いとは思うが、ペルセ帝国の連中はその中でも群を抜いている』

多い――と言ってくれたのは、悪意を持たない人間の存在も認めてくれたということだろうか。

「ふむ……なるほど。フェンリルを手懐《てなず》けることが出来れば、大きな戦力になるだろうからな」

深妙な顔でアーヴィンが言った。

『その通りだな。しかし従魔契約をしなければ、人間が我が輩の力を引き出すことは出来ん。つくづく、ヤツらは愚かだな』

「そんなことも連中は知らなかったのか？」

『可能性はあるが……というよりも、我が輩を捕らえて実験動物として飼いたかったのかもしれぬ。ペルセ帝国は代々、魔法で栄えてきた国だからな。魔力を持つ魔獣に興味があるんだろう』

「じっけん、どうぶつ！」

それを聞いて、私はついハクを抱きしめてしまう。

「ハクみたいなかわいいこに……ひどい！　さいあく！」

『ヒナ、ありがとう。そうやって怒ってくれるだけでも、我が輩の気が晴れるというものよ』

ハクが穏やかな笑みを浮かべた。

「まあペルセ帝国には良からぬ噂も多いからな」

アーヴィンが忌々しげに言う。

「そうだ、ハク――このことを、俺の信頼の置ける人物に話していいか？」

『ヒナが良いと言うなら、それでも良いぞ』

「あーびん、いいよ！」

私が言うと、「ありがとう」とアーヴィンは僅かに表情を柔らかくした。

「まあ俺たちが出来ることは、ペルセ帝国への警戒を強くする……くらいだな」

『だな。復讐もバカバカしい。無論、ヒナがそうしたいと言うならやぶさかでもないが……』

「わたしも、どうでもいい」

ペルセ帝国には嫌な思い出もたくさんある。私だけではなく、アーヴィンやハクも傷つけた。

でもふたり――本来ならハクをひとりと数えるのはおかしいかもしれないけれど、便宜的にそう呼ばせてもらう――が気にしていないというのなら、私の心境としては「もうほっといて」……だ。

アーヴィンたちに出会えて今が幸せなのに、彼らに構っている暇はない。

「そういえば……」

ハクの話も一段落ついて、私は手を挙げる。

「ハクは、こえしゃんのことをしらない？」

『声？　どういうことだ？』

「森に――」

私がハクのところに向かうことになった理由について話す。

『なるほど……どうして、お主が我が輩のところに現れたかは疑問であったが、そういう事情があったか』

ハクは考え込むように下を向いた。

『その声は我が輩には聞こえなかった。しかし……ひとつ心当たりがある。確証はないがな』

「それはなに？」

『精霊だ』

精霊――。

フェンリルに続いて、前世でいうところのファンタジーの世界っぽい単語がまた飛び出したね。

『知らないか？』

「しらない」

だけどこの世界の精霊のことは知らなかったので、首を左右に振る。

宮廷では（精霊がそうなのかは知らないが）一般常識的なことを、ほとんど教えてもらえなかったからね。

『我が輩たち――魔獣と同じく滅多に人前に姿を現さない存在だ。彼らは人見知りでな。きっと恥ずかしがり屋なのだろう。どうしてヒナにだけ話しかけたは分からぬが、そっとしておくのが吉だと思う』

「うん、わかった」

『良い子だ』

とハクは私のほっぺを大きな舌で舐めてくれた。

ハクが言ったことが正しいなら――あの時の『声』は精霊さんだったのかあ。

感謝の気持ちを伝えたいけれど、恥ずかしがり屋さんなら仕方がない。ハクの言う通りにするのが正しいかも。

私はまだ見ぬ『声』――精霊の姿を想像しながら、そう思った。

《ギヨーム》

「あの役立たずが作った水筒が欲しいだと？」

ヒナを追放して、いくばくか心が穏やかな日々を過ごしていた頃。

私はとある宮廷魔導士にそう聞かれた。

「はい」

彼はそう返事をする。

「どうして、そんなものが必要なのだ？」

「遠征の任務となると長期間、ポーションを保存しておかなくちゃいけませんので」

宮廷魔導士は国内でも有数の魔法使いだ。

その力は絶大で、ここから離れた場所にも派遣され、そこで任務に就くことがある。

彼はそのことを言っているのだろう。

しかし。

「もうヒナの作った水筒など——宮廷内にはない。ヒナは追放してしまったから、すぐに作ることも出来ないしな」

「なんと⁉」

私が言うと、彼は目を見開いた。

「どうしてそんなものが必要なのだ？　水筒くらい、市場でいくらでもあるだろうに……」

「ヒナの水筒は魔導具です！　ポーションを常温で持ち歩いていると腐ることも多いんですよ。

それにあの水筒でポーションを飲むと、何故だか通常のものより回復が早い。だからヒナの作った水筒は実は評価が高いんですが……」

彼が困ったように口にする。

私は彼の表情を見て、ムカムカと怒りが込み上げてきた。

「そんなもの、知るものか！　それに元々はヒナが趣味で作って余らせていたものを、使わせてやっただけだろうが！」

「それはそうですが……」

「水筒くらい、いくらでも作れるだろう。こっちで魔導具師を雇って、そいつに作らせれば安上がりだ。それまでは今あるもので我慢してろ」

「……承知しました」

「くだらないことを私に言うんじゃない。分かったら、さっさと部屋から出ていけ」

「はっ！」

彼は少し不満げにしながらも、私が怒声を上げると慌てて退出した。

「全く……元はといえば、あいつらの物使いが荒いのも原因だ」

私は赤ワインを飲みながら、先ほどの会話に怒りを感じる。

そもそも水筒ごときで、あいつはなにを深刻そうにしているのだ。大方、任務の最中に水筒をどこかに置いてきてしまったんだろう。

別にそれが全て悪いことだとは思わない。

戦闘中にはどうしても、水筒が邪魔になる場面も出てくるだろうし、そうなったら手放すのも頷ける。

「しかし……そういったものにも経費がかかっている。そういう計算も出来ない無能な部下を持つと、本当に苦労するな」

アルコールが頭に巡っていくと、徐々に気分も落ち着いてきた。

――面倒臭いが、こういった声が上がってきた以上、他に魔導具師を用意しなければならないだろう。

それくらい自分たちでなんとかしてくれ――と思わないでもないが、あいつらの不満をそのままにしておくのは、私の評価にも関わることだからな。

「魔導具師くらいすぐに見つかるだろう。ヒナのガラクタなんかより、数倍効果のある水筒を持って行けば、あいつらも私に感謝するだろうしな」

ニヤリと口を歪める。

――この時のギヨーム。まだヒナの能力を理解しておらず、楽観していた。

三話

◆お買い物と晩ご飯◆

「そういえばヒナちゃん。まだこの街のことを、あまり知らないよね？」

朝。

起きて朝ご飯を食べ終わると、シーラさんはそんなことを言い出した。

「はい！」

「ならアーヴィンにでも、街中を案内してもらったら？　ヒナちゃんも女の子なんだし、買い物とかしたいでしょ？」

買い物！

繰り返すが、前世での私の趣味は買い物だった。たとえなにも買わなくても、商品を眺めているだけの時間は至福のものだ。

「女の子って……別にまだヒナは小さいんだし、買い物に興味なんかない――というわけでもなさそうだな」

ウキウキ気分の私を見て、アーヴィンが言い直した。

シーラさんの推測通り、アーヴィンはしばらく休暇をもらったらしい。

私の癒しのペンダントで治ったとはいえ、あれだけ大きな傷を負っていたんだしね。そうなるのも当然だろう。

「わたし、かいものにいきたい！」

「ふふ、そうだよね。アーヴィンもいいよね？」

「ああ。休暇中は俺も暇だしな」

アーヴィンもやぶさかではなさそう。

『我が輩も行くぞ。主を守るのは従魔の役割だ』

フェンリルのハクもそう言って、私に体を摺り寄せてきた。

「ハクも？　うん、いいよ！　みんなでいくほうが、たのしい！」

アーヴィンとハクが付いてきてくれる方が安心感もあるしね。

ちなみに――翻訳機を付ける首輪を作って、ハクの首にかけてもらっている。

私は従魔契約しているから大丈夫みたいだけれど、アーヴィンたちと普段会話が出来なかったら不便だからね。

だけど。

「ハクは、まちなかで、あんまりしゃべらないほうがいいかも。みんな、おどろくから」

翻訳機がもっと売れて、当たり前のものになったら話は別かもしれないけどね。そうなるまでは動物と喋れる、翻訳機の存在は隠した方が無難だろう。

『うむ。それもそうだな。ならば――』

とハクは口を閉じ――。

【ヒナ。聞こえるか？】

「え!?　ハクのこえ？　うん、きこえるよー！」

【従魔契約していると、こういうことも出来る。この声は今、主であるヒナにしか聞こえていない。ヒナも頭の中で念じれば、我が輩と会話出来るぞ】

【ん……こんな感じ？】

【うむ】

従魔契約って便利なんだね。私からしたら、魔導具なんかよりもよっぽどすごいと思う。しかも頭の中で会話……ってことで、ずいぶんスムーズに言葉が出る。普段もこれだったらいいんだけどな〜。

アーヴィンとシーラさんは、私たちを見て不思議そうな顔をしていた。ハクの言う通り、彼らには聞こえていないのだろう。

「シーラしゃんも、いく？」

「私も行きたいけど、店番をする人がいなくなるからね」

「そうなんだ……いつもいつも、みせばんしてもらって、ごめんなしゃい……」

「いいの、いいの！　これが私の仕事だからね！」

シーラさんは、自分の胸をトンと叩く。

「じゃあヒナちゃんたちには晩ご飯の材料を買ってきてもらおうかな」

「なにを、つくるの？」

「ヒナちゃんの好きなものでいいよ！　作ってあげるから、食べたい料理の材料を買っておいで」

「わかった！」

初めてのおつかいだ！

前世でそういうテレビ番組があったことを思い出す。

まああれは一応子どもひとりで……っていうことだけど、私にはアーヴィンとハクもいる。

無事に買い物を終わらせる未来しか思い浮かびません！

「あーびん、ハク。いこー！　……なに、はなしてるの？」

私が話しかけると、ふたりは背を向けてぼそぼそとこう話し合っていた。

「俺が後方からヒナを見守り、お前が先頭に。この陣形で大丈夫か？」

『うむ、無難な判断だろう。前方の敵は我が輩が、後方の敵はお主がということだな』

「そうだ。ヒナは可愛いからな。変な輩に目を付けられないとは限らない」

『同感だ。それにしても買い物とは……大丈夫なのか？　ぼったくられて、ヒナが悲しむようなことにはならないか？』

「無論、それについても考えている。少しでも店主から悪意を感じた場合、即刻報復行為に……」

「あーびん！　ハク！」

私が大きな声を出すと、ふたりはビクンッとこちらに顔を向けた。

「いく！　それから、かほごすぎっ！　わたしはもう、よんしゃい。しんぱいしすぎなんだから！」

「なにを言う。まだ四歳じゃないか。普通四歳の子といったら、ヒナみたいにしっかりしてないぞ」

『その通りだ』

ごちゃごちゃ反論しているが、私の言いたいことはひとつだけ！

「ふたりもかいもの、たのしむ！　じんけいとか、かんがえなくていい！　わかった？」

「……はい」

『分かった』

私が腰に手を当てて叱っている光景に、シーラさんはクスクスと笑いを零していた。


そうしてやってきましたよ！　市場！

「わあ～、ひとがいっぱい！」

この時の私、さぞ目が輝いていただろう。

どこを見ても、人人人！

ひとりで出歩くのもみんなを心配させると思って、あまり外出してこなかったが……買い物に心が躍る。

もしかして、買い物なんて転生してから初めてじゃない⁉

「ヒナ。俺たちから離れるなよ」

【そうだ。誘拐されてしまうかもしれないからな。我が輩が周囲に睨みをきかせておこう】

「ふたりとも……めっ！　いったでしょ？　かいもの、たのしむ！」

相変わらず神経を尖らせているふたりに、私はそう人差し指を立てる。

「なにをかおうかな～」

「ヒナ！　あまり走るな！」

【そんなにはしゃいだら……】

ふたりとも気にしすぎなんだよね。そんなに心配しなくても……あっ！

むぐっ！

誰かの足にぶつかってしまった。

「ご、ごめんなしゃい！」

ぶつかった男の人に謝ると、彼は「気にするな」と立ち去った。

「だから言っただろう」

「うぅ、ごめんなしゃい……」

テンションが上がりすぎて、周りが見えていなかったようだ。申し訳ない。

しゅんとなっている私を見て、アーヴィンは溜息を吐き、

「……ほら」

と肩車をしてくれた。

「これだったら遠くの方まで見えるだろ？」

「うん！　いっぱい、みえる！　あーびん、ありがとっ！」

肩車をしてもらいながら、私はアーヴィンにお礼を言う。

すると彼は「ふっ」と微笑ましそうな表情を浮かべた。

「じゃあ行くか。ヒナ、どの店に行きたい？」

「まずは――」

買い物開始です！

「寄てらっしゃい見てらっしゃ～い」

「安いよ安いよー」

私たちが歩いていると、次から次へと左右のお店から声をかけられる。

いいね！　これが買い物の醍醐味！

お店の前でアーヴィンに下ろしてもらい、商品を見て……次はハクの背中に乗せてもらって――という具合に私たちが買い物を楽しんでいると。

「おっ、そこのふたり。もしかして親子かな？　お肉が安いよ。見るだけでもしてくれよ」

『親子』と言われ、ふと立ち止まってしまう。

「ハク、つぎはここ！」

【おう】

ハクの背中から下りて、店主さんにペコリと頭を下げる。

「こんにちは～。おにく、みせてもらいましゅね」

「ありがとう！　それにしてもお嬢ちゃん、可愛いね～。こんなに可愛い娘がいたら、そっちの若いお父さんも嬉しいだろう？」

それに対して、「親子なんかじゃ……」とアーヴィンは言いそうになったが、強くは否定しなかった。

「わあ！　これって、ぎゅうにくですか？　いいおにくでしゅ！」

「おや、お嬢ちゃん。お目が高いね。見ただけで牛肉って分かるのかい」

ほっこり笑顔の店主。

なんてったって、中身はＯＬだからね！　前世では遅い時間でも開いているスーパーに、よく仕事帰りに寄っていたな～。

【ヒナ。細かいことかもしれないが、正しく言うとそれは牛肉ではないぞ】

ハクが補足を入れてくれる。

翻訳機を使ってじゃなくて……頭の中に直接声が響いてくる。

【違うの？】

だから私もハクに合わせて、頭の中に言葉を思い浮かべていった。

【うむ。正しくはミニミノタウロスの肉だ】
ミ、ミニミノタウロス⁉
それって魔物だよね？

【魔物って、食べられる？】

【問題ない。ミニミノタウロスは牛肉によく似た見た目と味をしているしな。焼くだけでも美味しく食べられるぞ】

ん～！　魔物を食べるってちょっと抵抗があるけれど、ハクにそんなことを言われたら試したくなる！

「これ、くだしゃい！」

私は牛肉――もといミニミノタウロスの肉を指差して、店主に言う。

「まいどあり！　でも……これはミニミノタウロスという魔物の肉だよ。ただの牛肉に比べたら少し高いけど、お嬢ちゃんお金はあるのかい？」

店主が心配そうに口にする。

「はい！　おかね、いえのひとからあずかってましゅから！」

そうお金が入った麻袋を掲げると、店主はさらに笑顔になって。

「そうなのかい！　初めてのおつかいなんだね。気に入ったよ、お嬢ちゃん！　少しまけてあげよう」

「い、いいんでしゅか？」

「ああ。また買いにきてくれると嬉しい。待ってるよ」

「うん！」

やったー！　私ってば買い物上手!?

店主がミニミノタウロスの肉を切り分けてくれて、それを私はアーヴィンのマジックバッグに収納してもらった。

どうやらこの中に肉を入れておくと、長期間保存がきくらしい。便利！　私もマジックバッグを作ってみよ～。

「いいもの、かえたね！」

「そうだな」

アーヴィンもそう言ってくれた。


その後も私たちは市場を歩き回り、思う存分買い物を堪能した。


「ヒナ、そんなに歩き回って疲れないのか？　もうここに来てから、ずいぶん経っているが」

「へいき！　まだまだいける！」

力こぶを作ってみる。ほとんど出来てないけどね。

買い物なら一日潰せますから！

「あーびん、あーびん。つぎはあっちにいこー」

ずいぶん料理の素材も買い込んだ。

はっきりとなにを作るかは決めてないけれど……野菜も買ったし、これだけあったら晩ご飯には十分だろう。

アーヴィンの手を引き、次のお店に向かおうとすると……。


ぐう～。

――と私のお腹から間抜けな音が響いた。

「気付けば、もう昼時もずいぶん過ぎてしまったな」

それを聞いて、アーヴィンがそう言う。

「一度遅めのお昼ご飯にしようか。馴染みの喫茶店が近くにあるんだ。そこでいいか？」

「はい！　あーびん、いちおしのおみせならなんでも！」

「分かった。じゃあ行こう」

「がう、がうっ――【人間共が食べるものか……我が輩も気になる。楽しみだ】」

馴染みの喫茶店があるなんて、アーヴィンも大人だね。

一旦買い物は中止。お昼ご飯にゴー！

ルンルン気分で歩いていると、私たちに注目が集まっていることが分かる。

さっきから分かっていたけれどね……まあアーヴィンはイケメンだし、私は幼女だし、しかもでっかい犬もいるから仕方ないだろう。

……と私は気にしていなかったが。

「……ちっ」

アーヴィンが小さく舌打ちする音が聞こえた。

「あーびん？」

私がアーヴィンの顔を見上げると、彼は「しまった」というような顔をして、

「すまない。あまり他人からジロジロ見られるのは嫌いなんだ」

と口にした。

「あーびん、ごめんなしゃい。きっとわたしとあるいてるから、じろじろみられるんだよね？」

私が言うと、アーヴィンは「え？」と目を大きくした。

「わたしがはしゃいじゃってるから……きっと、うるさいこだなーって、みんなみてるかも」

ちょっとテンションが上がりすぎたかもしれないしね。

前世でも同じようなことがあって、時々変な目で見られたことを思い出す。まああの時は隣にアーヴィンのような素敵な殿方も、ハクみたいな可愛いペットもいなかったけれど……。

私が俯くと、アーヴィンはその頭をポンポンと撫でてくれる。

「なにを言う。ヒナのせいなんかじゃない。俺はヒナの笑顔に助けられているんだ。だからそんなことは言わないでくれ」

【我が輩のせいかもしれぬしな】

ハクも寄ってきて、もふもふの毛並みでスリスリしてくれる。

ふたりとも、優しすぎだよお。

宮廷にいた頃とのギャップで、幸せすぎて頭がクラクラする。

「よし――とにかくお昼ご飯だ。そこのお店のオムレツは絶品なんだ。ヒナにも是非、食べて

欲しい」

「おむれつ、だいしゅき！」

「そうか」

アーヴィンがさっきとは打って変わって、穏やかな笑みを浮かべた。

――仕切り直し。

私たちはアーヴィン馴染みの喫茶店に向かったのだった。

『風と光の喫茶店』

それがアーヴィンに案内された喫茶店だった。

入り口のところにある小さな黒板に、おすすめメニューが書かれている。

店構えからしてこれは期待が高まる。

「入るぞ」

アーヴィンが扉を押し、私とハクは喫茶店の中に入った。

「いらっしゃい！」

私が店内に足を踏み入れると、男の人の元気な声が響いた。

「あら～、アーヴィンじゃないの。久しぶり。最近来てなかったよね～」

続けて頭に三角ずきんを着けた美人のお姉さんが、アーヴィンに言った。

ちょっとお昼ご飯の時間からずれてしまったためか……店内には誰もいなかった。

「ちょっと騎士団の仕事が忙しかったからな。だが休暇も貰ったし、しばらくは通わせてもらおうと思う」

「おう！　待ってるぜ――ってその子と……犬？」

お姉さんの隣に立つ、たくましい腕をした男性が不審げに私たちを見た。

「紹介する。訳あって、うちで預かっている女の子と犬だ。名前は……」

「ひなでしゅ！　よろしくおねがいしましゅ！」

アーヴィンに言われるよりも早く、名乗って頭を下げた。

それに男の人とお姉さんは、顔に優しそうな笑顔を浮かべる。

「そうだったのか！　オレはここの店長をしているバートだ！」

「わたしはミアっていうのよ～。ヒナちゃん、よろしくね」

「ヒナ。そのふたりは夫婦で、この喫茶店を営んでいるんだ。良い人たちだから、なにかあったら頼ってみるのもいいぞ」

バートさん……ミアさん……か。覚えました！

ん？

夫婦ってことは、お姉さんだと思っていたこの女性は……バートさんの妻なの⁉　なんかすっごく若く見えるんだけど！

「みあしゃん、とってもきれいでしゅ」

「あら、ヒナちゃんはお上手ね。ありがとう」

ミアさんが頬に手を当てて、嬉しそうに言った。

くーっ！　バートさんも良い女性を捕まえましたな～。一応私も女なので、ふたりがどう知り合ったか興味があったが、会っていきなり聞くのも失礼か。

「こっちは……ぺっとのハク！　ハクもあたま、さげるの！」

「……がうっ――【別に我が輩はペットじゃ――いや、まあそれでもいいか。ハクだ。我が輩もよろしく頼むぞ】」

ペコリと頭を下げるハク。

フェンリルって言っても理解してもらえるか分からないしね。仮に知っていたとしても、無用な騒ぎを生んでしまうだけだろうし。

「あら～、ワンちゃんも可愛らしいわね～。よしよし」

とミアさんがハクの頭を撫でる。

ハクは「ワンちゃん」と言われたことにちょっと不満顔だったけれど、撫でられて気持ちよさそう。

バートさんはそんな私たちの様子を見ながら、コホンとひとつ咳払いをする。

「それで……昼ご飯を食べにきたんだよな？」

「ああ」

アーヴィンが頷く。

「よし！　じゃあ早速作ろう。アーヴィンが来たとなったら久しぶりに腕が鳴るぜ。メニューは……」

「おむれちゅ！」

バートさんがメニュー表を持ってこようとしたが、その前にすかさず私は手を上げる。

急いで言ったため、ちょっと噛んでしまった。

「おや、ヒナちゃん。オムレツが好きなのかい？」

「はい！」

「分かった！　ヒナちゃんのために、とっておきのオムレツを作ってやろう。そこの椅子に座って待っててくれ」

「あなた――ヒナちゃんは子どもなのよ？　あれじゃあ、きっとテーブルに手が届かないわ」

ミアさんがやんわりと指摘する。

「それもそうだな。えーっと、子ども用の高い椅子は……」

「あまり、おきづかいなく！」

と私は言ってみるが、バートさんとミアさんは私のために裏から椅子を持ってきてくれた。

アーヴィンに抱っこされ、窓際の席に座らせてもらう。

日光がいい感じに窓から差し込んで気持ちいいね！

ちなみに……ハクは椅子に座るわけにはいかないので、足下でおすわりの体勢でいる。

「あーびん、ひとつきいてもいい？」

「なんだ？」

ただ待っているだけも暇なので、対面のアーヴィンにそう話を切り出す。

「どうしてさっき、じろじろみられるのがきらいって、いったの？　ううん——さっきだけじゃない」

街を歩いている時に、アーヴィンは他人から視線を感じると、いつも嫌そうな顔をしていた。

そりゃあ、知らない人にジロジロ見られるのは私だって嫌だよ？

でも——アーヴィンはとてもキレイな顔をしているんだし、女性から注目を浴びるのは仕方のないこと……のようにも思える。

私だって、もう少し大人だったら自然と見ちゃうかもしれないしね。

そういうことを、たどたどしい言葉で聞くと、

「ヒナに言っても仕方がないがな——俺は自分の顔が嫌いなんだ」

とアーヴィンは答えた。

「どうして？　そんなに、かっこいいのに？」

「別に望んでこういう顔に生まれたわけじゃない。今まで、この顔が原因で色々とトラブルもあったしな」

「とらぶる……」

アーヴィンは憂いを帯びた表情で窓の外を見ながら、こう続ける。

「女性は俺のことをよく知らないのに、顔が良いというだけで近付いてくる。俺は口下手だからな。あまり喋らなかったら、露骨にがっかりされたこともある。

それだけじゃない。女性だけではなく、男性からのやっかみも受けた。どうせお前は女なんて選び放題なんだろう？　いいよな、イケメンは――なんてことを好き放題言われた。

俺が言っていることは贅沢なのかもしれない。しかし……外面だけを見て、中身を見ない連中に辟易《へきえき》としてな。軽い人間不信だ」

とアーヴィンは溜息を吐く。

彼がここまで一気に喋るのは珍しい。今まで相当嫌な思いもしてきたんだろう。

アーヴィンの気持ちは私には分からない。

分かるといったら、あまりにも無責任だからだ。

せめて私は――。

「わたしは、あーびんのことがしゅき」

私がアーヴィンの瞳を真っ直ぐ見つめると、彼は一瞬驚いた表情をした。

「あーびんのみためもしゅき。でも、わたしはやさしいあーびんがしゅき。あーびんがべつのすがたでも――きっとわたしはあーびんのことがしゅきだった」

これは心からの本音だ。

アーヴィンは男前。

もし私がアラサーのままだったら、男女の仲として「好き」になっていたかもしれない。

だけど……いまいち、今は恋愛感情が生まれないんだよね。アーヴィンのことを、良いお兄さんだと思っているような。

きっとこれも四歳の体――ってことで、それに引っ張られているんだろう。

私が一生懸命伝えると、アーヴィンの顔から笑みが零れる。

「……ヒナにそう言ってもらえて、俺も嬉しい。ありがとう。俺もヒナのことが好きだ」

と手を伸ばして、私の頭を軽く撫でてくれた。

ちょっとでもアーヴィンの心が晴れてくれれば、いいんだけどなあ？

「お待たせ。風と光の喫茶店、おすすめのオムレツをどうぞ！　ペットのハクくんの分もあるからな。たーんと食べるといい」

そうこうしていると。

いつの間にかバートさんとミアさんが、オムレツを私たちのテーブルまで運んでくれた。ハクの分はお皿を床に置いているけどね。

わあ！　キレイなオムレツ！

でこぼこがない楕円型！　芸術的だとすら感じる。手を付けるのがもったいないくらい！

オムレツにはシンプルにケチャップだけがかけられていた。

「あっ、そうそう。ヒナちゃんにはこのスプーンだ」

私が目を輝かせていると、バートさんがスプーンを手渡してくれた。

持ち手のところにお花の柄が描かれてあって、なんだか子どもっぽいスプーン。

まあ……いっか！

大人用のスプーンを渡されても、食べにくいしね。

「いただきましゅ！」

手を合わせる。

「……ヒナちゃん。その『いただきます』というのは、なんなの〜？」

私の言ったことに、ミアさんが目をクリクリ丸くする。

「しょくじをするまえの、あいさつ！　あーびんもハクも、いっしょにしよ！」

「……まあヒナがそう言うのは、俺は初めてじゃないがな。じゃあ……」

私とアーヴィンが手を合わせ、ハクはお皿の前で頭を下げて――いただきますと言う。

胸に期待を込めて、私はオムレツにスプーンを軽く差す。

そしてゆっくりとタオルを広げるようにすると……。

「なかから、とろとろたまごがたっぷり！」

まるで卵の宝石箱！

……前世のとあるグルメリポーターみたいに言ってしまったが、目の前に広がる光景にそう言葉を漏らさざるを得ない。

それをスプーンですくい上げ、口に入れる。

「ん～～～～！　おいしい！」

卵の幸せな味が口の中に広がった。

その後、私は夢中になってオムレツを食べていった。アーヴィンもハクも同じだったと思う。

「ごちそうちゃまでした！」

オムレツ完食！

「ヒナ。口元にケチャプがついてるぞ」

アーヴィンが私の口元に手を伸ばし、ケチャップをすくってくれた。

う～、恥ずかしい！

でも口の周りにケチャップをつけていても気付かないくらい、美味しかったということだ。

四歳だし仕方ないよね！

「ハクはどうだった？」

「がう、がうっ――【うむ、美味だった。人間もなかなか旨いものを作るのだな】」

ハクもご満悦のようだった。

「気に入ってくれたかい？」

「ふふ、何回でも来てくれたらいいのよ。ヒナちゃんだったら、大歓迎なんだから〜」

「はい！　かよわせてもらいましゅ！」

リピート決定！

私たちはバートさんたちにお礼を言って、店を後にした。


「ただいま〜」

買い物を終わらせ、私たちは魔導具ショップに帰ってきた。

「おかえり！　楽しかった？」

椅子に座って退屈そうにしていたシーラさんが、私を見てパアッと顔を明るくする。

「うん！　かいもの、たんのうした！」

「それは良かった！　アーくんも粗相しなかった？」

「あーびん、やさしかった！　かたぐるま、してくれた。ハクにも、せなかにのせてもらったよ」

「そうだったんだね。ヒナちゃんが楽しそうでなによりだよ！」

シーラさんがほっぺとほっぺを合わせ、スリスリしてくれる。

アーヴィンの悩みも聞けたし、さらに仲良くなれた気分！　好きだった買い物も出来たし、言うことなしだ。

「晩ご飯の材料も買ってくれた？」

「うん！」

アーヴィンがマジックバッグから、市場で買った色とりどりの材料を出してくれる。

「わあ、いっぱい買ったんだね！　ん……これはもしかして、ミニミノタウロスのお肉かな？」

さすがシーラさん、お目が高い！

私は牛肉と見間違ってしまったけど、彼女には分かるみたい。

「高かったんじゃないの？」

「やすくしてもらった！」

「すごい！　きっとヒナちゃんが可愛かったからだよ！　アーくんも、そういう値切りが出来るタイプじゃないし……」

「まあ否定はしない」

シーラさんの言葉に、アーヴィンは苦虫を噛み潰したような顔をした。

アーヴィンって、意外と表情が豊かだよね。表面上はクールだが、コロコロと変わる表情についい目が奪われてしまう。

「よーし！　せっかくヒナちゃんがミニミノタウロスの肉を買ってきてくれたんだからね。今日は私が腕によりをかけて、美味しい晩ご飯を作っちゃうよー」

とシーラさんが腕まくりをする。

喫茶店を出てから——私たちはまたしばらく買い物を堪能していた。

だからあのふわふわオムレツを食べてからけっこう時間が経っているし、気付けばもう晩ご飯の頃合いだ。

「わたしもてつだうー」

「ヒナちゃん、料理出来るの？」

「はい！」

「ヒナちゃんはなんでも出来るね！　お手伝い、お願いしようかな？　美味しい料理を作って、アーくんとハクを驚かせちゃおう！」

「がんばる！」

そう私とシーラさんは市場で買った材料を持って、キッチンに行こうとした。

しかし。

「待て」

アーヴィンに腕を掴まれる。

「ヒナ。お前にまだ料理は早い。台所がどういうところか知っているのか？」

「しってるよ？　だいじょぶ」

「大丈夫じゃない――台所には危険なものがたくさんある。包丁や魔石コンロ……一歩間違えれば大事故に繋がるものばかりだ。そんな危険なところに、ヒナを行かせるわけにはいかない」

『うむ、その通りだな』

アーヴィンのとんちんかんな台詞に、ハクも同意してるー!?

買い物の時からそうだったけど……ふたりとも、どんだけ過保護なの!?　大丈夫ですから！　気をつけますから！

それに前世ではひとり暮らしの期間も長かったせいで、よく自炊もしていたんだからね？

「アーくん、ハク」

そんなふたりに、シーラさんは静かな怒りをふつふつと沸かせるように、落ち着いた声音でこう続けた。

「ふたりはヒナをどうしたいのかな？」

「どうしたい……って。俺はヒナの保護者だ。ヒナを守る役目がある。危険なところに、わざわざ行かせるような真似をしないのは当然だろう？」

『アーヴィンの言う通りだ。我が輩も従魔として、ヒナを守らねばならぬ』

ふたりは一歩も退かず、断固としてそう言った。

しかしこの時、シーラさんの雷が落ちる。

「もーう！　過保護なのもいいけど、ちょっとはヒナちゃんを信頼してあげて！　このままだったらヒナちゃんはお嫁に行けないよ？」

「お嫁……って気が早いだろう」

見るからにアーヴィンが動揺し始めた。

「早くなんかないよ。ヒナちゃんは可愛いから、あっという間に良い人が見つかるんだからねー」

「そ、そんな人はいない……と思いたい」

い、いないって⁉

私、結婚出来ないということですか？　これじゃあ仕事に忙殺されていた前世とおんなじじゃん！

「あーびん……わたし、およめにいけないの？」

ショックを受けつつアーヴィンに訊ねると、彼はさらにあたふたと慌てて。

「そ、そういうつもりで言ったんじゃない。まだヒナは小さいから、そんなことを考えなくてもいいということだ。それにヒナに変な男が寄り付いてきたらと考えるともう……」

「あーあ。ヒナちゃんを悲しませた。アーくんもハクも、ヒナちゃんに嫌われちゃうよ?」

シーラさんが楽しそうに言うと、今度はアーヴィンが「嫌われ……」と愕然としていた。

「……くっ。仕方ない。だが──ヒナに怪我なんかさせるなよ? もしそうなったら、たとえ相手がお前でも俺はどうなるか分からない」

「それはもちろんだよ。危ないことはさせないから。ハクもそれでいいよね?」

『……不服だが、我が輩もヒナに嫌われるのは嫌だからな。許可しよう』

やっとアーヴィンに手を離してもらえた。

──というやり取りがありながらも、ようやく私はシーラさんとキッチンに向かった。


キッチンに立ち、調理テーブルの上に晩ご飯の材料を広げる。

「そうねえ……」

それを見て、シーラさんは閃いたのか、

「これだけあったら……ビーフシチューにしちゃおっか。ミニミノタウロスのお肉もあるんだし」

と口にした。

「びーふしちゅー、しゅき! だいさんせい!」

「あら、ヒナちゃんもそうだったんだね。私も好きだよ。でも……」

しかし彼女は困った顔をして、こう続けた。

「美味しく作るのには時間がかかっちゃうんだよね……お肉も長時間煮込まないと、硬いままになっちゃうし――でも仕方ないから、今回は短時間でパパッと作っちゃおうか」

「じかん、かかる……」

確かに――不味いとまではいかないが、本格的なビーフシチューを作ろうとしたら時間がかかってしまう。

カレーも三日経ってからの方が美味しいって言うしね。

野菜や肉の旨味をシチューに十分に染み込ませようとしたら、晩ご飯に間に合わないだろう。

前世であった、あの道具があれば別なんだけど……。

そうだ！

「なかったら、つくればいい」

私が呟くと、シーラさんは不思議そうな顔をした。

「時間がないならないなりに、取りあえず作ってみたらいい……って言ってるのかな？」

「ううん。じかんがなくても、しちゅーをおいしくつくれるどうぐがある！」

「……？」

さらに首をかしげるシーラさん。

「シーラしゃん。このおなべ、つかってもいい？」

「別にいいけど……けっこう古くなってきたから捨てようと思ってたヤツだよ？　それだったらこっちの方が……」

「これで、だいじょぶ！」

それに捨てようと思っていたものなら、逆に好都合だしね。

私はキッチンに置いてあった厚底鍋を手に取り、テーブルの上に出す。

「あとは……かみなりとひのませきを……」

私は作業室まで行っていくつかの魔石を持ち、キッチンまで戻ってくる。

「とくとごらんあれ！」

――【魔導具作成】発動。

癒しのペンダントや翻訳機の時と同じように、優しい光が鍋と魔石を包む。

「かんせい！　あつりょくなべ！」

厚底鍋　＋　雷の魔石（低級）　＋　火の魔石（低級）　＝　魔法の圧力鍋

・魔法の圧力鍋
超速で鍋の中の食材を温めるお鍋。普通なら三日煮込むカレーでも、このお鍋だったら三秒で作成可能。それを出せば、気になる男の子の胃袋もハートも掴めるだろう。

あっという間に『あつりょくなべ』――圧力鍋が完成したのである。

それにしても……魔道具のレシピ。ご丁寧に説明文も添えられているのはいいけれど、「気になる男の子の～」とか、たまに茶目っ気を出すのはどうしてだろ？

「ん？　これも魔導具なのかな？　なんの変哲もないお鍋に見えるけど……」

シーラさんが不思議そうに圧力鍋を見る。

「これはまほうのおなべ！　これでおにくをにこむと、すぐにやわらかくなる」

「そんな便利なお鍋が？」

「あい！　さっそくこれでしちゅー、つくりまちょ」

シーラさんに手伝ってもらいながら、私はビーフシチューの調理を始めた。

まずは人参やじゃがいも、玉ねぎをひと口サイズにカットしていく。

私の小さな手では包丁は使いにくかったけれど、シーラさんが後ろから握ってくれたので、なんとか切り揃えることが出来た。

「次はミニミノタウロスの肉だね。これはヒナちゃんじゃ、ちょっと難しいだろうから……私がやるね」

「おねがいします」

シーラさんが慣れた手つきで、ミニミノタウロスの肉に包丁を入れる。

「シーラしゃん、りょうりおじょうず……」

「ありがと！　小さい頃にお父さんとお母さんを亡くしてから、料理は私の担当だったからね。自然と出来るようになったんだよ」

そう語るシーラさんの表情は、前世での私のお母さんのようだった。

なんか、こうして包丁を持つシーラさんを見ていると、前世のことを思い出してしまうな……。

お母さんに料理を教えてもらい、初めて包丁を握った日のことを懐かしんだ。

それにしても……この時代での、私の本当のお父さんとお母さんってどこにいるんだろう？

私の記憶がまだはっきりしない頃に捨てられたから、全然覚えてないけれど……一度会ってみたい気持ちもある。

私を捨てた両親のことは恨んでいない。彼らにもやむを得ない事情があったかもしれないしね。前世に比べて、この世界では生活に苦しい人が多いんだし……どうしても私を育てられなかった可能性もある。

でも。

「いつかあえたらいいな……」

「ヒナちゃん？」

「な、なんでもない！」

いけない、いけない。

つい声が漏れ、シーラさんに聞こえてしまったみたい。今は料理に集中しよう。

「あとはお肉と野菜をフライパンで炒めて……っと」

フライパンにバターを敷いて、切った食材を炒めていく。

魔石コンロは便利だよね。これがなかったら、こんな風に炒め物をするのもひと苦労だったに違いない。

「ヒナちゃん。お鍋の中にデミグラスソースやケチャップ……水を入れてくれるかな？　あと赤ワインも少し残っているから、それも入れちゃおっか」

「はい！」

シーラさんと役割を分担しながら、ビーフシチュー作りを着実に進めていく。

「それにしてもヒナちゃん。本当にこのお鍋を使うと、すぐに美味しいビーフシチューが完成するの？　疑うわけじゃないけど、信じられないというか……」

「ふふんっ！　あつりょくなべを、なめちゃいけない！」

蓋を閉じて温度を調節して……っと。

そして——三秒経つと、ピーと完成を知らせる電子音が鳴った。

「できあがり！」

「え、もう⁉」

シーラさんが驚きの声を上げる。

私が満を持して、蓋を開けると……。

「わあ！　美味しそう！」

圧力鍋に入ったビーフシチューを見て、シーラさんが目を輝かせる。

「野菜のダシがよく染み込んだ良い匂いがするね！　お肉も柔らかそう！　どうしてこんな一瞬でこんなに美味しそうなビーフシチューが出来るの？」

「うーん、たぶん……」

私も圧力鍋の仕組みにはあまり詳しくないが……なんでも、鍋の中に圧力をかけて、液体の沸点を高くするみたい。

そうするだけで短時間でも三日煮込んだカレーのように美味しく、お肉もとろけるような柔らかさになるのだ。

それでもちょっと出来るのが早すぎるけどね。そこは魔法による補助がかかっているんだろう。

――そう、シーラさんに説明した。

「はやくあーびんたちに、もっていってあげよー！」

「そうだね！　きっとアーくんも喜んでくれると思うよ！」

丁度——時間も頃合いだからね。
私たちは人数分——もちろんハクの分も！　——のお皿にビーフシチューを取り分け、食卓に持っていくのであった。

「お待たせ～」

食卓のテーブルにシーラさんがお皿を置いていく。

「もう出来たのか」

「うん！　ヒナちゃん、大活躍だったんだよ！」

「それはなによりだ。ヒナ、怪我とかはないか……？」

「もんだい、ない！」

「それはよかった」

アーヴィンがほっと安堵の息を吐いた。

「さあさあ、どうぞ召し上がれ！　みんなで食べよ！」

「だな……ん、これはビーフシチューか？　美味しそうだ」

『良い匂いがする』

アーヴィンとハクがお皿に入ったビーフシチューを見て、目を大きくする。

「シーラしゃん。わたしのすぷーんは？」

「あっ、ごめんごめん。ヒナちゃんのスプーンはこれだよ！」

シーラさんがスプーンを渡してくれる。

それは他の人たちが使っているようなシンプルなスプーンではなく、持ち手にキャラクターらしきものが描かれていた。

「これは？」

「ふふんっ。ヒナちゃんが喜んでくれると思って、作ったんだ！　持ち手のところに描かれているのは、ここ王都の大人気キャラクター——ゲロゲーロだよ！」

……ふむ。よく見ると、描かれているのはカエルのように見えた。

しかしイラストのカエルは誰かに踏まれた後みたいに口から舌を出して、なんとも間抜けなデザインだ。

キモ可愛い……というヤツだろうか？　そういうところは前世と変わらないんだね。

それにしても喫茶店の時といい、やたら子どもっぽいスプーンを持たされるんだね、私⁉

でもシーラさんがわざわざ私のために作ってくれたみたいだし、素直に嬉しかった。

「シーラしゃん、ありがとー！」

「どういたしまして！」

私がお礼を言うと、シーラさんは顔をほころばせた。

「冷めないうちに、早く食べよ！　じゃあいつもの挨拶を……」
手を合わせて――。

「「『いただきます』」」


と声を揃えた。

ビーフシチューを前に、私のテンションも最高潮だ。

一番先に声を上げたのはアーヴィンであった。

「旨い！」

ビーフシチューを口に入れて、アーヴィンが声を出す。

「すごいコクのあるシチューだな。しかもミニミノタウロスの肉といったら、ちゃんと処理しないと硬いのに……これは口の中に入れただけで、まるで溶けるようだった」

『うむ、これは美味だな。オムレツの時といい、人間は美味しいものばかりを食べる』

大絶賛のアーヴィンとハクであった。良かった！

私もビーフシチューを口に運ぶ……美味しい～～～！

トロトロのお肉は飲めるくらいに柔らかい！

シーラさんたちも言っていたけれど、牛肉とほとんど変わらない味なんだね。高いお肉の味がする！

シチュー自体も優しい味がして、思わず笑顔になってしまうほどだ。

「こんな短時間でどうやって作ったんだ？　ただ普通に作っただけとは思えないんだが……」

「ふふっ、聞いて驚かないでアーくん。このビーフシチューは……圧力鍋で作ったんだよ！」

「圧力……鍋？　なんだそれは？」

「ヒナちゃんの作った魔導具！　圧力鍋でシチューを煮込むと、とっても美味しく調理出来るみたい！」

「なんと……ここでもヒナの魔導具か！」

アーヴィンが私を見て、目を見開く。

「まほうのおなべでしゅ」

えっへん。

この時の私、さぞドヤ顔だっただろう。

ハクも一心不乱にビーフシチューを食べてくれている。

一発勝負で少し不安だったけれど……どうやら圧力鍋で作ったビーフシチューは大成功のようだ。

こんなに好評なら、他にも圧力鍋を作り、ショップで売り出してみてもいいかもね。

「圧力鍋のおかげだけじゃないんだよ。ヒナちゃん、料理がとってもお上手なんだから。これだったら、やっぱりすぐに良い男の人が見つかるんじゃないかな～」

ビーフシチューを食べながら、ニヤニヤ笑顔のシーラさん。

しかしその一方、アーヴィンは苦い表情を作った。

「またそんなことばっかり言って――ヒナは、その……まだまだお嫁になんて行かない……よな？」

恐る恐るといった感じでアーヴィンが口にする。

「うーん、まだきょうみ、ないかも！　いまのせいかつがたのしいから！」

「そ、そうか」

胸を撫で下ろす様子のアーヴィン。

「でも男の人を見て、カッコいいとか思うでしょ？　ヒナちゃんはどんな男の人が好みなの？」

シーラさんが興味津々に訊ねてくる。

やっぱりシーラさんも女性。こういう話には興味があるんだね。

だが――決まっている。

「あーびん、いちばんかっこいい！」

「！」

アーヴィンの肩がピクリと震えた。

「しょうらいは、あーびんみたいなおとこのひとといっしょになりたい」

「俺みたいな……」

何故だか、アーヴィンは俯いて顔を隠した。

あれ？　私、変なことを言ったかな？

「よかったね、アーくん」

「ああ……今日は最高の日だ。ヒナに好きだとも言われたし……幸せすぎて死んじゃわないだろうか？」

好きと言われた……？　ああ、あの喫茶店の時か。

「す、好き!?　アーくん、それってどういう――」

うっかり口を滑らせてしまったアーヴィン。シーラさんに追及されていて、しどろもどろになっていた。

アーヴィンもなかなか大袈裟だよね。

「くーん」

ふたりの様子をクスクス笑っていると、ハクが悲しそうな声を出して私の足にすり寄ってきた。

「どうしたの、ハク？」

『我が輩のことはカッコいいと思わぬのか？』

そんな悲しそうな目で見られたら、胸が痛むからやめて！

「そんなことないよ。ハクもかっこいい。でもかっこいいというより、かわいいかも」

『可愛い……か。カッコいいならまだしも、可愛いと言われたのは初めてだぞ。ヒナは我が輩のことも好きか？』

「うん！　しゅき！」

アーヴィンもハクも、シーラさんも喫茶店のパートさん夫妻も――みんな大好き！

『くく……そうか。我が輩もヒナのことを好ましく思っているぞ。じゃないと従魔として契約なんかしないしな』

「ありがと」

顎の下を撫でてあげると、ハクは気持ち良さそうな顔をした。

ん～っ、こういう表情も可愛い！　いつまでも撫でていたくなる。

でも……どうしてアーヴィンもハクも、そんなことに興味があるんだろう？

私がみんなを好きなことは当たり前のことだし、別に不安になる必要もないと思うけどなあ。

――なんて楽しく晩ご飯を食べていたら、あっという間にビーフシチューがなくなってしまったのだった。

《シーラ》

ヒナちゃんがこのお店にやってきてから、日常がさらに楽しくなった。

「ヒナちゃんは可愛いなあ」

晩ご飯を食べ自室でくつろぎながら——私、シーラは今日のことを思い出していた。

ヒナちゃんはどうやら買い物が好きらしい。

ペルセ帝国にいる頃、ろくに買い物にも行けなかったのかしら？

私がヒナちゃんにおつかいを頼むと、彼女は目を輝かせていた。

そして——お店に戻ってくると、ヒナちゃんの表情はさらに明るくなっていた。良いリフレッシュになったようで、なによりだ。

ヒナちゃんを見ていると、可愛すぎてつい抱きしめたくなってしまう！

しかも彼女はその上、魔導具師として超一流の腕を持っていた。

さっきなんて圧力鍋という魔導具を使って、美味しいビーフシチューを作ったんだからね。

こんなもの、今まで見たことも聞いたこともない！

売りに出せば間違いなくお客さんが押し寄せてきて、お店はますます大繁盛だろう。

なんでペルセ帝国の宮廷は、あんなに可愛くて有能な彼女を追放したのかな？

とんでもなくおバカさんだ。

そしてヒナちゃんを前にしている時のアーくんは、まるで両親が生きている頃に戻ったみたいだった。

「さっきのアーくんの表情は、傑作だったもんなあ～」

ヒナちゃんとキッチンに行き、晩ご飯を作ろうとすると……アーくんが「危ない」と止めようとしてきた。

その気持ちは分かるけど……ヒナちゃんをあまりにも大事にしすぎて、彼女を束縛してしまっては本末転倒だ。

『このままだったらヒナちゃんはお嫁に行けないよ？』

だからちょっとした意地悪をしてあげた。

私が言うと、アーくんは見る見るうちに狼狽し出した。

アーくんのあんな表情を見るなんて……子どもの時以来かもしれない！

彼はお父さんとお母さんを亡くしてから、なにか思い詰めている様子だった。

本人は「なんでもない」と言うが……私のことを気にしているのは明白だ。

「私は気にしてなんかいないんだけどなあ……」

お父さんとお母さんが死んでしまったのは悲しいことだ。

だからこそ、これからはアーくんと慎ましくも楽しく暮らしていければいい……そう思っていた。

だが、アーくんは私の知らないうちに騎士団に入団していた。

彼は滅多に仕事の話をしない。

きっと平民上がりの騎士だから、団内であまり良く思われていないのだろう。だから私に心配をかけたくないと。

アーくんは隠しているつもりかもしれないが、それくらい、姉の私にはお見通しなのだ。

「私に楽させてあげよう……って思ってるのかな。そんなこと――してくれなくても、私は幸せなのに」

私はそんな弟が大好きだった。

しかしアーくんは騎士団に入ってから、ますます感情を表に出さなくなった。

騎士団の仕事もあって、毎日ここに帰ってくるというわけでもない。

それを私は寂しく思っていたが、彼のことを気遣って口にはしなかった。


――そんなアーくんが変わったのは、ヒナちゃんがやってきてからだ。

いつもクールなアーくんだけど、ヒナちゃんのことになると感情を露わにして、年相応の男の子っぽくなる。

『すぐに良い男の人が見つかるんじゃないかな～』

そんなアーくんが面白くなって、ビーフシチューを食べている時にそう話を振ってみた。

『またそんなことばっかり言って――ヒナは、その……まだまだお嫁になんて行かない……よな?』

ヒナちゃんにそう質問するアーくんを、今でも鮮明に思い出すことが出来る。

ヒナちゃんが「今は興味がない」と言った時、アーくんはほっとしていた。

しかしその後、ヒナちゃんが言ったことに――アーくんの表情は一変したのだ。

『あーぴん、いちばんかっこいい!』

ヒナちゃんがそう言った時のアーくんの表情といったら!

表面上ですごく嬉しそうにしていたわけではない。

しかしヒナちゃんの言葉を噛み締め、感動していることは――姉である私だからこそはっきりと分かった。

「これも……ヒナちゃんのおかげだね。彼女は私たちに感謝しているみたいだけど……それはこっちの方」

そう呟くと。

「シーラしゃん、おふろあがったよー」

とバスタオルで髪を拭きながら、ヒナちゃんが部屋に入ってきた。

「良いお湯だった?」

「うん!　いいおゆだった!　ハクのからだも、あらってあげた!」

ヒナちゃんが口にすると、後ろからハクの姿も。

お風呂は大量の魔石を使わないといけないから、毎日入れるものではない。

しかしハクの体も洗ってあげたいから……とヒナちゃんがお願いしてきたのだ。

私も一緒に入ろうとしたけれど……あんまり付いていくのも迷惑に思うかなあと思って、今回は我慢した。

でもどうやらこの様子だと、ハクと一緒にお風呂を堪能したらしい。

「ヒナちゃん、こっちにおいで」

手招きする。

ヒナちゃんが近付くと――私は彼女を抱き寄せた。

「うーん、良い香りだね！　ヒナちゃんの髪、さらさらで羨ましいな～」

彼女の髪に顔を押し付ける。

「ありがとう、ございましゅ。シーラしゃんのかみも、きれい」

「ありがと！」

こんなに可愛いヒナちゃん。

彼女のおかげで、アーくんも楽しそう。

私はそんな彼女に感謝して――あらためて、こう口にするのであった。

「ヒナちゃん……うちに来てくれて、本当にありがとねっ！」

◆放蕩王子◆

翌朝。

「あーびん……きょうは、おしごとでしゅか……」

アーヴィンの見送りをしながら、私は肩を落とした。

「仕事……っていうほど、ハードなものじゃないけどな。ただ休暇中とはいえ、ずっと休んでいるのも申し訳ない。ちょっと様子を見に行くだけだ。昼過ぎには戻れると思う」

そんな私の頭をアーヴィンはポンポンしてくれる。

「ヒナちゃん……私も買い出しとか仕入れ先に挨拶行かなきゃダメなんだけど、ひとりでも大丈夫？」

シーラさんも心配そう。

どうやら今日はアーヴィン――そしてシーラさんのふたりがお店を不在にするらしい。

「うん！　だいじょぶ！」

ちょっと心細かったが、ふたりを心配させないように気丈に振る舞う。

「店を閉めといてもいいと思うがな」

「そうそう。一日くらい平気だよ？」

ふたりが気遣ってくれるが、私はそれを制す。

「へいき！　わたしもおやくにたちます！　りっぱにみせばん、やる！」

いくら魔導具を作っているとはいえ、ここまで良くしてもらったら申し訳ないしね。

それに……前世ではこれでも営業職だったのだ！

……あまり得意じゃなかったけれど。

店番くらいはやり遂げてみせます。

「まあハクもいるから大丈夫か……」

「そうだね――ハク、怪しい人が来店したら追い払うんだよ？　今日、ヒナちゃんを守れるのはあなたしかいないんだから」

『無論だ』

むふーっと鼻で息をするハク。

心強い！

「じゃあ行ってくる」

「ヒナちゃん。なるべく早く戻ってくるからね」

「いってらっしゃーい！」

お店から離れていくふたりに向かって、私は手を振った。

ふたりは何度も何度も心配そうにこちらを振り返るせいで、その歩みは遅い。

しかしその姿がやがて見えなくなるまで、私は店先で見送っていた。

「よし……！　ハク、がんばるよー！　いっぱいおきゃくさんをさばいて、ふたりをびっくりさせてあげるんだから」

『心得た。ところで……店番というのはなにをすればいいのだ？』

「ハクはなにもしなくていいよ。ここにいてくれるだけで、いい！」

さすがに不審な人が来たら、私を守って欲しいけどね。

それよりも……。

「ハクはこのおみせの、ますこっときゃらなんだから！」

『マスコット、キャラ……？　なんだ、それは』

「うーん……かわいいもんばん、みたいな？」

あらためて聞かれると上手く説明出来ず、そんな返しをしてしまう。

しかしハクはそれに満足したのか、

『なるほどな。門番か。それなら従魔である我が輩に、ふさわしい。可愛い……というのは引っ掛かるが、立派にマスコットキャラをやるぞ』

と凛々しい顔立ちでおすわりの体勢をした。

ちょっと間違ったことを言っちゃったかもしれないけれど……まあいっか！

お客さん、いっぱい来てくれるといいなー。

――だけど私の心配は無用なものになった。

「いらっしゃいませー！」

朝一番には男性のお客さんが来店。

彼は私と犬（ハクのことだ）の姿しか見えないことに、少し訝しむような表情を作ったものの、店内の商品を物色し出した。

「これは？」

「すいとうでしゅ」

それに気付くとは、お客さんもお目が高い。

私は椅子から下りて、セールストークを始める。

「とってもいいすいとう。なかのものがくさらない。もちはこびにもべんり。いまならおやすくするから、おひとつどうでしゅか？」

「ほほお……品質は良さそうだね。ただの水筒じゃなくて魔導具だよね？」

「はい！」

ペルセ帝国ではよく作って、他の人たちに渡していた水筒だ。けっこう自信がある一品。

「じゃあ試しにひとつだけ頂こうかな」

「まいどあり！」

早速おひとつ、売れました！

「それにしてもお嬢ちゃん……ひとりだけ？」

「はい！　おとなのひとは、おでかけしてましゅ」

「そうなんだね……ひとりで偉いね」

彼は私を見て、目尻を下げた。

「その犬はペットかな？」

「ぺっとのハクでしゅ！」

「ペットと店番か……よし、気に入ったよ。ひとつだけなんかじゃなく、三つ買ってあげる。水筒が良かったら、他の人にもこのお店のことを紹介するね」

「ありがとうございましゅー！」

お客さん一発目から上々のスタート。

その後、彼はお金を払い満足顔で店から出ていった。

「ハク！　うれた！」

『おう、すごいな。魔導具の品質もそうだが……ヒナが可愛かったからだと思うぞ。この調子なら、店内の商品が売り切れるのもすぐだな」

「まちがい、ない」

店内には水筒以外にも商品がいっぱいあるので大丈夫だと思うが――絶対売り切れないという保証はない。

私がひとり目のお客さんをさばいた後でも、次々とお客さんがやってきた。

「いらっしゃいませー！」

元気よく挨拶する。

みんなの反応はひとり目と同じようなもの。

一瞬、私たちを見て不思議そうにするけれど、魔導具の数々に目を見張っていた。

売れ行き好調だ。

ありゃりゃ、このままだったら本当に売り切れてしまうかもしれない……。

「ドライヤー？　ってのはもう他にないのかな？」

ひとりのお客さんがそう訊ねてきた。

「まだ、あります！　うらからとてきましゅね」

「いやいや！　君が取りにいかなくてもいいよ！」

「そうだそうだ。子どもが働きすぎだ」

「オレたちが取ってくる。在庫があるのはあっちの方かな？」

え⁉

私が動こうとすると、他のお客さんまでわらわらと寄ってくる。

過保護なのってアーヴィンだけじゃない⁉

お客さんに動いてもらうのは申し訳ないけれど……私が断っても、彼らは仕事を手伝ってくれた。

中には店内の掃除をしたり、お店の呼び込みをする人々も現れた。

そのおかげで私は椅子に座り、店内の様子を眺めているだけになる。

「もう……っ！　みんな、きにしすぎなんだから！」

『仕方あるまい。ヒナはまだ可愛い子どもだからな。みんながああやって気を遣うのも当然だろう』

何故かハクが誇らしげだった。


そんな調子で店番は上手く回っていたんだけれど……。


「入るよ」

お昼がちょっと過ぎた頃。

お客さんも落ち着いてきて、店内には誰もいなくなった。

そんな時——ひとりの男の人が来店する。

その後ろからは……。

「あーびん！」

アーヴィンの姿もあった。

私はとてとて歩きで彼に近付いて、こう訊ねる。

「おしごと、おわったの？」

「いや……まだだ」

まだ？

それなのに魔導具ショップに帰ってきたの？

私が首をかしげていると、アーヴィンと一緒に来ていた男性が、圧力鍋を手に取ってこう言う。

「これは君が作ったのかな？」

「はい！」

私が口にすると、彼は驚いたように目を見開いた。

「素晴らしい。アーヴィンから聞いていたけど、これがあったら、美味しいシチューをすぐに作ることも出来るんだろう？」

「しちゅーだけじゃないよ？　ぶたのかくにとか、ぽてとさらだもつくれましゅ」

「ますます、すごいね」

その人は美麗な笑みを浮かべた。

それにしても……この人、誰？　アーヴィンとどういう関係なんだろうか？

「あーびん、このひとは……」

だから気になって、アーヴィンに質問を重ねた。

彼がなにかを答えようとすると、連れの男の人はそっと自分の口元に指を持ってきて、

「今は秘密だよ。アーヴィンも喋らないで」

とお願いをしていた。

アーヴィンはそれに若干不服そうながらも、首を縦に振った。

んん？　ますます謎が深まる……。

この男の人は二十歳……くらいかなあ？

アーヴィンよりかは少しだけ歳下っぽく見えるけれど、私からしたら十分大人。それくらいの見た目。

髪は金色に美しく輝き、まるで宝石が零れ落ちるかのよう。深い藍色の瞳は見ていると吸い込まれてしまいそうだ。

アーヴィンもだけど……この人もかなりの美形。

それにアーヴィンと喋っている様子からすると……もしかして、年下の上司とか？

アーヴィンの顔を見ると、彼は困ったようにしていた。

……まあ、あまり深く詮索するのも良くないか。多分、仕事の同僚をこのお店に連れてきて

くれたんだろう――そう無理矢理納得することにした。

「君は魔導具師なんだよね」

私が考えていると、彼がそう問いかけてくる。

「あい」

「だったら……オーダーメイドの商品を作ることって出来るかな？　オーダーメイドの意味は分かるかい？　僕だけの商品を作って欲しい……ということなんだけど」

「もちろんでしゅ！」

オーダーメイドはあんまりやりすぎると収拾つかなくなりそうだけれど、アーヴィンの同僚なら別にいいよね！

私が肯定すると、彼は嬉しそうな表情になった。

「それはよかった。だったらひとつ、お願いを聞いてくれるかな？」

「なんでしょうか？」

「なにか変装グッズみたいなのを作って欲しいんだ」

「ふぇ？」

私が首をひねると、男の人はこう続けた。

「実は……僕は諸事情であまり気軽に外に出掛けられなくてね。だけど変装グッズかなにかあれば、それも楽になる――かもしれないと思って。どうだろう？　そんな魔導具を作ることは出来るかな？」

外に気軽に出掛けられない――。

んん、どういうことだろう？　もしかして病弱とか？

でもそれだったら変装グッズじゃなくて、もっと薬的なものを頼むだろう。

そうじゃないってことは……実はこの人、有名人？

こんなに麗しい見た目をしているんだし、芸能人かもしれない。いや、この世界に芸能人という職業があるか分からないが……もしくはそれに付随した職業であることは否めない。

「うーん……わかった！　あしたまでにかんがえて、つくっておく。あした、もういちどきてくだしゃい」

私が伝えると、彼は表情を明るくした。

「本当かい？　ありがとう！」

そう言って私の手をぎゅっと握る。

「楽しみにしてるよ。また明日、絶対に来るからね」

「はい！」

彼は最後にそう言い残して、アーヴィンと一緒に店から出ていった。

うーん、さっきの人……なんだったんだろう。

「ハクはどうおもう？」

『怪しいヤツだ。アーヴィンもそわそわしていたみたいだしな。しかし……あいつが連れてきた男だし、悪いヤツではないんだろう』

ハクも私と同じ考えみたい。

正体は分からないが……悪い人じゃないと思うんだよね！　ふと浮かべる笑顔はキレイなものだったし、物腰も柔らかかった。

「とりあえず……シーラしゃんがかえってきたら、へんそうぐっずをつくらないと！」

私は彼の顔を思い浮かべながら、そう声にした。

翌日……。

「やあ」

昨日の彼が再びアーヴィンを連れて、ここ魔導具ショップに来店した。

「いらっしゃいませ！」

ふたりを私は笑顔で出迎えた。

ちなみに……お店はまだ開店前。昨夜アーヴィンに「店にあまり他人がいるのは好ましくない」と言われ、この時間設定になったのだ。

そんなことを言うってことは……やっぱりこの男の人は有名人ー？　こんなにイケメンなん

だしね。

まだ名前も知らない彼の顔を、私はじーっと見ていた。

「それで……昨日頼んでいたものは出来ているかな？」

だが、彼はそれを意に介さず――そう話を切り出した。

「はい！」

「ふふふ。私は先に見せてもらいましたが、すごい魔導具なんですよ！　とくとご覧くださいませ」

今日はシーラさんも一緒にいてくれる。

それにしても……彼女はお客さんに対してもざっくばらんな話し方なんだけれど、この男の人に対しては敬語を使っている？

そのことに違和感がありながらも、私はあえてそれを問い質したりする真似はしなかった。

「それは楽しみだね。早速見せてもらってもいいだろうか？」

「かまわないでしゅ！　……でも」

せっかくだから、効果をちゃんと確かめたい。

「ちょっとこっちにきてもらっても、いい？　あーびんたちをおどろかせたい」

「うん。もちろんだよ」

男の人は柔和な笑みを浮かべた。

というわけで――私たちはアーヴィンとハクを売り場に残し、魔導具の作業室まで彼にきてもらった。

《アーヴィン》

「……なにをしているんだろうか」

ヒナたちが別室に行ったのを見て、俺はハクと手持ち無沙汰にしていた。

「ハクはヒナの作った魔導具がなんなのか、知らないのか？」

『いや……我が輩も知らないぞ。どうやらヒナは我が輩たちをビックリさせたいようだ。あまり詮索するのも無粋だろう』

「違いない」

ハクの言葉に俺は同意する。

ヒナは今まで様々なすごい魔導具を作ってきた。

今回、彼が言った無茶な要望でも、彼女ならきっと叶えてくれるだろう。

そういう確信があった。

「お・待・た・せ！」

そんなことを思っていると――作業室から帽子を被ったヒナが出てきた。

「もう済んだのか？」

質問する。

しかし彼女はニヤニヤと笑みを浮かべ、

「はい！　どうかな？」

と言った。

「どう……って」

早く魔導具で変装した彼の顔を見たいのだが？

仕事の性質上、あまり彼から離れすぎるのも、そわそわして落ち着かないし……。

そう質問を重ねようとしたが、その時に気付く。

目の前のヒナに強烈な違和感が生じたのを。

……正真正銘、ヒナだ。大人が被るようなハットを身につけている彼女も可愛く……って俺はなにを考えているんだ。

しかし俺は思った。

目の前のヒナはヒナじゃないと。

俺はいつの間にか剣を抜き、彼女に見えるなにかに話しかけた。

「……おい。男はどこに行った？」

剣先を向け、俺は問いかける。

「そして……ヒナと姉をどこにやった。返答次第ではここで斬り伏せる」

俺が言っても、ヒナに見えるなにかはニコニコ笑っているだけ。

見た目は完璧にヒナ……しかし彼女ではない。何故だかそう直感するのだ。

ヒナに見える何者かが、なにも口を開かないのを見て――俺が動こうとすると。

「だ、だめだよー！　あーびん、おちついてー！」

と――作業室から本物のヒナとシーラが姿を現したのだ。

・・・・・

「アーくんがいきなりそんなことをするなんてビックリしたよ。それにしても……よく分かったね」

アーヴィンを椅子に座らせて、シーラさんは彼にこんこんと説教をしていた。

「面目ない」

しゅんと項垂《うなだ》れるアーヴィン。

「わたしのまどうぐ、だめだった？」

「い、いや！　そんなことはないぞ！　ヒナの魔導具は完璧だった。それは間違いない」

「でも……」

「ふふふ。それだけいつも彼がヒナのことを見ているということだよ。さすがにアーヴィンを騙すことは出来なかったか」

私の隣にいる私——というか、魔導具で変装した例の彼がそう口にした。

「……ライナルト様。そろそろその帽子を取ってくれませんか？　喋りにくいったら、ありゃしない」

とアーヴィンは溜息を吐いて、男の人に話しかけた。

ありゃ……ライナルトっていう名前なんだね。今更だけど、やっと名前が分かった。

私の姿をした彼——ライナルトが帽子を取る。

すると……今まで私の姿をしていたのに、ライナルトが元のイケメン男子に戻ったのだ。

「変装ハットか……すごい魔導具だね。アーヴィンですら、初見で僕を見破ることが出来なかった。これがあったら僕も簡単に外出出来そうだ」

ハットを指先でクルクルと回して、ライナルトが言った。

中折れ帽　＋　幻想石《げんそうせき》　＝　変装ハット

・変装ハット
誰かの顔を念じながらこのハットを被ると、その人の姿に様変わりすることが出来る。変わるのは、姿と声だけなので要注意。


さて——これが今回の魔導具、その名も変装ハット。

効果は今、アーヴィンたちに見せた通り。

正しい仕組みとしては、相手にそういう幻覚を見せているだけなんだけどね。幻視の魔法を付与している……というような形だ。

【うむ。我が輩もつい騙されてしまったぞ】

「私も言われなかったら、騙されてたと思う！」

続けてハクとシーラさんも、そう絶賛してくれる。

「きにいってくれた？」

私はライナルトに訊ねる。

「ああ、もちろんだよ。是非購入させてもらっていいかな？」

「うん。おかいあげ、ありがとうございまーしゅ！」

どうやら満足してくれたみたい！

「お金はこんなもんでいいかな？」

「え？」

ライナルトはコインを私に握らせる。

私がそれを見ると――なんとそれは白金貨だったのだ。

「え、えーっ！　こんなに、いただけまちぇん！」

白金貨……って、これ一枚だけでも一年は楽に暮らせちゃうじゃん！　一日でパパッと作っただけなのに恐れ多い！

しかしライナルトは首を横に振り。

「そんなことはないよ。腕の良い職人には、それ相応の対価を支払うべきだ。この帽子にはそれだけの価値がある。実際、市場に売り出せばそれくらいの値段は付くと思うしね」

「で、でも！」

「魔法も使わず、帽子を被るだけでこれだけの変装を施すのは不可能なんだよ？　君は不可能を可能にしたんだ。受け取って欲しい」

私は白金貨を返そうとするが、ライナルトは断固として受け取ってくれなかった。

こんなに簡単にポンと白金貨を払えるなんて……この人、どんだけ金持ちなの⁉

「あーぴん……」

「んー、まあライナルト様がそう言うなら別にいいんじゃないのか？　ヒナはもっと自己評価を上げるべきだ」

「そうだよ。それはヒナちゃんのお小遣いにしていいからね！」

【妥当だな】

アーヴィンたちもライナルトを止めないし……。

っていうか――。

「あーびん……そろそろこのひとがだれなのか、おしえてほしい」

変装ハットを欲し、さらに白金貨を簡単に出すことが出来る男。

アーヴィンがライナルト様と彼を呼んでいるのも違和感がある。

ここまでされて、正体を隠されたままじゃ……さすがに私も納得出来ない。

アーヴィンが口を開こうとすると、ライナルトはそれを手で制した。

「僕からあらためて自己紹介しよう。遅くなってごめんね」

そして彼は胸元に手を当て――。

「僕はライナルト。一応このゼクステリア王国の第三王子をやらせてもらっている」

と口にした。

……へ？

「お、おうじでんかーーーーーーー!?」

とんでもないことを言われ、私の口から変な声が出てしまう。

「あーびん！　ほんとうのことなの？」

私がアーヴィンの服の裾を引っ張ると、彼は苦笑しながら首肯した。

「な、なんでおうじでんかが、こんなところにいらっしゃるんでしゅか？」

「アーヴィンから君のことは聞いていたからね。となると……一度会ってみたいと思うのは当然のことだろう？」

ライナルトはイケメンスマイルを浮かべた。

いや……さっきまで優しそうだと思っていたけれど、第三王子だと分かったらこの笑顔も怖い！　なに、考えてるの？

っていうか今までの私、失礼な態度を取っていないだろうか……。

急に彼のことが怖くなった。

「しゅ、しゅみませんでした！　わたし……しらなくて……」

「どうして謝るんだい？　それより、敬語はやめてくれるかな。第三王子とはいえ、僕は世継ぎで国王になんかなったりしないしね。遊びすぎて、世間からは放蕩王子なんて呼ばれているくらいさ。この国で僕のことを敬う人なんて誰もいないよ」

とライナルトは肩をすくめた。

「あーびん……」

「まあライナルト様がそう言うなら、それでもいいんじゃないか？」

アーヴィンはもうどうでもよくなったのか、どこか投げやりだ。

んー、シーラさんの方を見るが、さすがに彼女は彼が第三王子だということは知っていたみたい。

ハクは特に驚いたりしている様子もない。まあハクはフェンリルなんだしね。あまりピンときていないのかもしれない。

……もーう！　みんながこんな感じだから、私もどうでもよくなってきた！

私はライナルトの方に向き直り、

「わ、わかった。よろしくね、ライナルト」

「ふふ、そっちの方が君らしいよ」

うー……ライナルトが王子殿下だと分かったら、なんだかこの笑顔も裏があるように思っちゃうよ。

腹の底でなにを考えているか分からない——腹黒王子！

私の頭の中で、そういう言葉が思い浮かんだ。

その後、アーヴィンから軽く説明を受けた。

ライナルトが第三王子であることは間違いない。そしてアーヴィンは彼の専属護衛なのだという。

ゆえに今のところ、騎士団や王族の中ではライナルトにだけヒナの存在を明かしているらしい。

もっと早くライナルトの正体を明かしたかったが、彼に止められていた。

しかしライナルトは悪い人間ではないので安心して欲しい――とのことであった。

「でもどうして、わたしなんかにきょうみを？」

現在――私たちは食卓を囲み、シーラさんが淹れてくれた紅茶を飲みながら話している。

「言っただろう？　君は超一流の魔導具師だ。もう少し君は自分に自信を持つべきだよ。そんな君に僕が会いたいと思うのは、自然なことだろう？」

と彼はティーカップを傾けた。

ライナルトが紅茶を飲む姿は、なんだか様になっているよね。

「……ヒナ。最後にひとつだけ聞いてもいいかな？」

「なに？」

私が聞き返す。

「宮廷で専属魔導具師として働くつもりはないかい？」

「え？」

「何度も言うようだけど、君のその魔導具師としての腕は一流だ。もちろん、それ相応のポジションも用意し、多額の給金も払おう。君の事情も聞いている。今までよりも何倍も良い生活が出来るだろう。どうかな……？」

ライナルトが優しく聞いてくれる。

宮廷暮らし……か。

アーヴィンが信頼しているこの人の言うことだ。ペルセ帝国の時みたいなことにはならないだろう。

「あーびんはどうおもう？」

私だけでは判断出来ないので、アーヴィンにも質問してみる。

「……俺はヒナのしたいようにすればいいと思う。ヒナとあまり会えなくなるかもしれないのは痛いが……それでも俺はヒナのやりたいようにしてもらいたい」

「んー……そうだね。ちょっと寂しくなるけど、仕方ないよね」

【我が輩はヒナの従魔だ。どこにでも付いていこう】

どうやらアーヴィンたちも、消極的ながらライナルトの申し出に賛成してくれている。

うーん、でもまあそう言うのも仕方ないよね。普通の魔導具師ならふたつ返事で受けるんだろうし。

だが——。

「お、おことわりしましゅ……わたしはここで、もっとくらしたい」

と恐る恐る言った。

「それはどうして？」

愉快そうにライナルトが問う。

「ここのひとたち、みんないいひと……わたしはいまがしあわせ。あーびんたちと、はなれるの、とってもつらい……」

これは私の我がまま。

無理矢理にでもライナルトが私を連れて行くことも可能だろう。

もしかして……これはこれで不敬ってことになっちゃわないかしら？

しかし私の心配とは裏腹に、

「そうか。うん、まあそう言われると思っていたけどね。変なこと聞いてごめんね。この話は今回はなしということで」

とあっさり引き下がってくれた。

あまり残念がっていない。最初から私のことはお見通しだった——ということだろうか？

「ヒナ……」

アーヴィンは胸を撫で下ろし。

「ヒナちゃん！　ずーっとずーっと、ヒナちゃんを幸せにしてあげるからね！」

【さすが我が主だ。たとえ相手が王子であっても、媚びるような真似はせんのだな】

シーラさんは私に抱きつき、ハクも体をすり寄せてきた。
シ、シーラさん！　抱きつく力がちょっと強すぎて苦しいよ？　あっ、ハクはもふもふして気持ちいいです。
「ふふ。ここは本当にいいところだね。君の居場所がここで——本当によかった」

その様子を見て、ライナルトは微笑ましいと感じているようだった。

——こうしてこの国の第三王子と知り合いになるという、超ビッグイベントは幕を閉じたのであった。

《ライナルト》

魔導具ショップを後にした僕は王城に帰り、アーヴィンと言葉を交わしていた。

「彼女は素晴らしいいね」

椅子に座っている僕の傍らで直立しているアーヴィンに、そう口にした。

「殿下。戯れがすぎます。このことが国王陛下にバレれば、また口うるさい——失敬。窘《たしな》められますよ」

「ははは、父のことは放っておけばいいさ。僕はどうせただの放蕩王子。父も僕にはなんの期待もしていないだろうしね」

と僕は肩をすくめる。

──先ほどのことを思い出す。

アーヴィンから優れた魔導具師──ヒナの話を聞き、僕はあの魔導具ショップに向かった。

『いらっしゃいませ』

そう言った彼女の姿を見て、可愛らしさに僕は思わず頬が緩くなってしまった。

「それにしても……変装ハットね。被るだけで、アーヴィンをちょっとだけでも騙せるなんてすごいよ。君は幻視魔法も見破るほどの優れた目を持っているのにね」

「至極当然のことかと。ヒナの魔導具は神具にも匹敵するものです。それに……変装相手がヒナだったからいけなかった。他の者なら、俺はきっと分からなかったでしょう」

「だろうねえ」

当然のこと──そう言い切れるのは、彼がヒナのことを心から信頼し、高く買っているからだろう。

「しかも彼女は魔導具師として優れているだけじゃない。とても可愛らしくて……そして僕に対して変に媚びへつらうような真似もしなかった」

とはいっても、第三王子だと身分を明かした時はちょっとだけ緊張していたようだが……あの反応は仕方ない。

「どうしてヒナに宮廷勤めを薦めたんですか？　あなたがそうお考えだとは思っていなくて、さすがに少し驚きましたよ」

「そうかい？　当たり前のことを言っただけだと思うけど？」

「……しかも最初からヒナが断るものだと、ライナルト様は分かっているようでした」

「ははは、そんなことないよ。まさか断られるものだとおもってなかったー」

「どうだか」

溜息を吐くアーヴィン。

……まあ彼の言う通り、なんとなく分かっていたけどね。

ペルセ帝国で酷い目に遭っていた話は聞いていたが――それを抜きにしても、彼女は贅沢な暮らしには興味がないように思える。

『お、おことわりしましゅ……わたしはここで、もっとくらしたい』

僕が誘った時、ヒナはちょっと申し訳なさそうにしながらも、はっきりと口にした。

「自分から宮廷暮らしを断るなんて、なかなかやれることじゃないよ。全く」

しかしそれがヒナの良いところのように思えた。

昔から、僕は第三王子という立場もあってか、周りの人からチヤホヤされていた。

本をひとつ持つにしても、近くにいた侍女が「殿下ともあろうお方が、そんな重いものを持ってはいけません」と気遣った。

周りの人は僕を僕として見ていなかった。あくまで第三王子……としてしか見ていなかったのだ。

僕にはライナルトっていう立派な名前があるのに――。

それは仕方のないことだとも分かっている。

もし僕が怪我をすれば、責任を取らされるのは侍女の方だろう。侍女以外にも、第三王子を敵に回せばどうなるのか――とみんな、言葉にはしないが考えているに違いない。

だけど僕はそんな生活に嫌気がさし、王位の継承権も放棄して好き放題に生きようと思った。

とはいえ、第三王子という立場を完全に捨てて、自由に生きるのはなかなか難しいことだ。

周囲からの視線をどうしても受けてしまう。

「だが――この変装ハットがあれば、僕は僕として生きられる。ヒナには感謝してもしきれないくらいだよ」

「……まあ気持ちは分かりますが、一騎士として俺はあなたにもっと落ち着いて欲しいところです」

「本当にそう思っているかい？」

「そりゃそう――いえ……落ち着いたら、それはそれであなたらしくないですか。こういうことは表立っては言えないですが……どうぞ、ご自由にお過ごしください」

諦めたようにアーヴィンが言う。

アーヴィンのこういうところが気に入って、僕は個人的に彼を贔屓《ひいき》にしているのだ。

「それで……ライナルト様。これからヒナをどうするおつもりで？」

一転。

アーヴィンの表情が険しくなった。

「本当に君はヒナのこととなったら、人が変わったようになるね」

「当然です」

「……心配しないでよ。なにもするつもりはないよ。だけど……このことが兄上たちにバレたら、彼らはヒナを利用しようとするだろう」

権力に興味がない僕とは違って、この国の第一王子と第二王子――兄たちはお互いに次期国王の座を狙っている。

僕から見て、どっちが次期国王になってもおかしくはない。それくらいのパワーバランスだ。

しかし。

「あれだけ優秀な魔導具師――ヒナを引き入れることが出来れば、情勢が一気に変わるかもしれない。ヒナの存在が彼らにバレれば、少々厄介なことになる。彼女はそれほどの存在だ」

「ヒナはそれを望んでいないように思えます」

「うん。だからといって、ヒナの魔導具はあまりにも規格外だ。いくら隠そうとしても、他の者にバレるのは時間の問題だろう」

「だったら――」

「でも心配しないで。彼女自身が望むならともかく――他にヒナを渡すつもりはないから」

それまでに、僕は着々と地盤を固めておこう。

その時になっても、兄たちがヒナに手を出せないくらいにね。

「彼女をこの国の無駄な権力闘争に巻き込ませたくないからね。そのあたりは上手くやるから。どちらにせよ、アーヴィンはあまり不用意にヒナのことを周囲に喋らないようにして欲しい」

「もちろんです。あなたが上手くやるというなら、心配していません。しかし――ライナルト様はどうしてヒナをそれだけ評価しているんですか？」

「どういう意味だい？」

まだアーヴィンの表情は厳しい。

「いえ……あなた様のことです。なにか他にもお考えがあるように思えまして」

「ほお？」

「世の人たちはあなたをただの放蕩王子だと思っています。なんの能力も持たないバカ息子だと。しかし——実際は知略に長け、自分が好き放題に生きるために裏工作も厭わないライナルト様です。なにか……ヒナを利用するおつもりなのでは？　——と」

「もしそうだとしたら、君はどうするつもりだい？」

「内容によりますが——全力で止めます」

とアーヴィンは声の抑揚を変えずに言ったが、その言葉には「ヒナを守る」という固い意志が隠されているように聞こえた。

「ふふ、安心してよ。僕はただヒナのことが好きなんだ。第三王子と分かったうえでも、純粋に僕を見てくれる彼女の瞳に……ね」

「……相変わらず、あなたの考えていることは読めない。まあライナルト様のことは信じていますが」

そう言って、アーヴィンは僕から視線を外した。

ふふふ、アーヴィンはよっぽど彼女のことが好きなようだ。

今まで「自分はいつ死んでもいい」とアーヴィンは思っている節があったが、ヒナと会ってからそれも変わった。

他の人は気付いていないと思うが、表情がイキイキしている。

確かに……僕にはアーヴィンの言うように振る舞っている部分もある。

わざと世の人に『放蕩王子』だというイメージを植え付け、自分が自由に動きやすくした。

そういうところを見ている彼だからこそ、僕の言っていることに多少の疑いを抱くのは当然のことだ。

だが——事実は違う。

僕は本当にヒナを守りたいと思っているんだ。

これは損得抜きにしてだ。

ヒナのことを見ていると、何故だか庇護欲がくすぐられる。彼女に笑顔で暮らして欲しい……と心から思うのだ。

「これから楽しくなりそうだ」

僕は口元を隠して、そう小さく笑った。

《ギヨーム》

「おい、魔導具師！　貴様はなにを考えているんだ⁉　こんな不良品を作りやがって……部下共からクレームを受けるのはこっちだぞ！」

私は魔導具の水筒を持って——彼を怒鳴りつけた。

彼は宮廷で新しく雇った魔導具師だ。

どうして魔導具師をわざわざ雇う必要が……と思わないでもないが、外注のヤツに作らせるよりは安く済む。

安い給料でコキ使うつもりとはいえ……本当に腹立たしい。

「不良品……ですか？」

魔導具師は寝耳に水というような顔になった。

「そうだ！　貴様、私を舐めているのか？　わざと手抜きをして不良品の水筒を私に持たせたな？」

「め、滅相もございません！　私はその水筒に魔導具師としての力を注ぎ込み、作成しましたよ！」

「嘘を吐くな！　私の部下が言っていたぞ？　ベヒモスに踏みつけられたくらいで水筒が壊れた――とか、水筒に入れておいても自動的にポーションが増えないと！」

「ベヒモスに踏まれる？　それにポーションが増える……？」

目を丸くする魔導具師。

そしてこう声を荒らげたのだ。

「な、なにを言うんですか！　そんなことが出来る水筒は、魔導具ではなくまさしく神具に匹敵しますよ！　私はある程度の保温機能が付いた水筒しか作ることが出来ません。まあ……それにも限界がありますが」

「なんだと……？」

バカなことを――と思ったが、彼の表情を見るに嘘を吐いているようには見えなかった。

しかもこの魔導具師はペルセ帝国でも、随一の腕を持った者だ。

そのおかげで、貴族からの依頼もひっきりなしにくるらしい。

そんな魔導具師は、広いペルセ帝国を探してもなかなかいないだろう。

「そもそも一日で百個の水筒を作れ、なんていうのも無茶だったんですよ！　私ひとりの力では、そんなことは不可能です！」

「なにを言う。昔ここにいたポンコツ魔導具師は、一瞬で水筒を作っていたぞ」

もちろんヒナのことだ。正しくは魔導具師ではなかったが……。

「神具にも匹敵する水筒をですか？　自信を持って言いますが、そんな人は世界中探してもいません！　あなたこそ、嘘を吐かないでください！」

「なっ――――！」

彼の物言いに、私は怒りが沸点を越えそうになった。

なにをメチャクチャなことを――と切り捨てるのは簡単だ。

だが、こいつを解雇すればどうなる？　また一から魔導具師を探さなければならない。

彼が評判の良かった魔導具師であることは確かだ。

ペテン師だったら話は早いが……仮にそうでなかったら、また新しく魔導具師を探すのもひと苦労だろう。

「ちっ……分かった。今回のことは大目に見てやる。さっさと今日のノルマ分の魔導具を作れ。貴様にはそれしか存在価値がないのだからな」

「はいはい、分かりましたよ。ほーんと、最悪なところに来ちまったもんだぜ。良いもんは食べさせてくれるが、これだったら俺の身が持たない。理解のない上司を持つと苦労するよ」

「な、なんだと貴様⁉」

私は呼び止めようとするが、彼は意に介さずそそくさと部屋から出ていってしまった。

「クソがっ！」

近くにあるゴミ箱を蹴り上げる。

「どうしてこんなことになる⁉　私はなにも悪くないというのに……」

もしかしたら――魔法使い見習いとして不出来だったヒナは、魔導具師としては一流だったのか？

そんなバカな考えが頭をよぎるが、すぐに振り払う。

「なわけがあるまい！　あの魔導具師の調子が悪いだけだ。どうせもうちょっとして、あいつが宮廷暮らしにも慣れたら調子を取り戻すだろう」

そう私は楽観的に考えた。

しかし正体不明の不安がある。頭の片隅に黒いもやがかかっているような感覚だ。

私はそれに気付かないふりをして、酒を飲んで気を紛らわせることにした。

四話

◆夢◆

「こんにちは～」

とある日。

私はハクと一緒に風と光の喫茶店を訪れた。

もちろん……ここはあのバートさんとミアさんのお店だ。

「わあ、よく来たね～」

ミアさんが私たちを見て、そう声を発する。

店内にいる他のお客さんも私たちに顔を向け、ほっこりとした表情になった。

「おひるごはん、いいでしゅか？」

「もちろんだよ～！　ほらほら、こっちに座って！」

ミアさんが先日、アーヴィンとご飯を食べた窓際の席まで手招きしてくれた。

そこで私はテーブルに置かれている、とあるものを見つけた。

「とくとうせき？」

そう。

テーブルには『ヒナちゃんの特等席！』と書かれた木製のプレートが置かれていたのである。

「ヒナちゃんだけの席だよ！　あれからいつヒナちゃんが来てもいいように、置いておいたんだ～」

【うむ。なかなかの高待遇だな。気に入ったぞ】

ハクは自分のことのように、むふーっと満足そうに鼻で息をした。

「うれしい。けど……わたしのためだけに、こんなことしてくれるなんて……」

「いいの、いいの！　他のお客さんも納得してくれてるから！　早く座りなよ～」

とミアさんが私を抱っこして、椅子に座らせてくれる。

まあいっか……アーヴィンとシーラさんの甘やかしに比べたら、まだマシな方だと思うし。

「ミアしゃん。わたし、さんどいっちたべたいでしゅ。ハクもそれでいいよね？」

「がうっ」

私が訊ねると、ハクは首を縦に振った。

「分かったよ～。じゃあすぐに作るね。ヒナちゃんのためなら、夫も張り切ると思うから～」

そう言って、ミアさんはキッチンの方へ消えていった。

どうやらミアさんの夫のバートさんはキッチンにいるみたいだね。昼時で忙しいし、私の相手なんかしている場合じゃないんだろう。

そう思っていたら……。

「おまちどおさま！」

バートさんとミアさんが一緒に出てきて、私の前にサンドイッチの載ったお皿を置いてくれた。

早い！

「いそがしいんじゃないでしゅか？」

「はっはっは！　そうでもないよ。それに仮に忙しかったとしても、ヒナちゃんがいるならへっちゃらさ！」

「でも……」

「子どもが気を遣わなくてもいいんだ！　さあ、お食べ！」

バートさんが口にする。

うーん、そんなにふたりで見られたら食べにくいんだけどな……心なしか、店内にいる他のお客さんからの視線も感じるし。

でもみんな、目尻が下がって緩んだ顔をしているな？　どうしてだろう。

「……まあいっか」

あまり深くは考えない女。それが私、ヒナなのです。

私はハムとレタスを挟んだサンドイッチに早速口を付ける。

ひと噛みして……。

「おいちい！」

私はそう声を上げた。

「ほ、本当かい？」

「うん！　こんなにおいしいさんどいっち、たべたのはじめてでしゅ！　ほら、ハクもたべてみて～」

【うむ……確かに、これは旨いな】

手渡しでサンドイッチを食べさせてあげると、ハクもご満悦のようであった。

幸せ！

こんなに美味しいものが食べられるなんて、それだけで異世界に転生してきてよかったと感じた。

「ふふふ、美味しそうに食べるね」

「全くだ。オレたちの子どもも……」

バートさんはそう言葉を続けようとしたが、彼はハッとした顔になって口を閉じる。

「こども？　ばーとさんたち、こどもいるんでしゅか？」

問いかけると、ふたりの間に気まずい雰囲気が流れた。

え、え？

もしかして聞いちゃいけないことだったの？

「……いた。もうあれから三年が経つな……」

「でもとある事故のせいで、亡くなってしまったの」

寂しそうなバートさんたちの表情。

「ご、ごめんなしゃい！　わたし、でりかしーありませんでした！」

すぐに謝る。

「いやいや、気にしなくていいんだ。昔のことだし、今は気持ちにも大分整理がついたからな」

「そうだよ～。ヒナちゃんが謝ることなんてないんだからっ！」

バートさんたちが慌ててフォローを入れてくれる。

でも子どもが亡くなることは辛いこと……なんだと思う。

前世では結婚もしていなかったし、もちろん子どももいなかったしね。こうやって想像することしか出来ないけれど……。

それにしても三年前といったら、丁度私の意識がはっきりして宮廷で勤め出した頃だ。

その子も生きていたら、私と同じくらいの歳だったかもしれない。

だからだろう。

まるでバートさんたちが本当のお父さんとお母さんに見えた。

「げんきだしてくだしゃい！」

まだ暗い表情をしているふたりに、私はエールを送る。

するとふたりは笑顔になって、

「おう！　もちろんだ！　まあ今はミアもいてくれるし、幸せだからいいんだがな！　はっはっは！」

「ヒナちゃんみたいな可愛い子にも出会えたしね。優しいお客さんにも囲まれてるし、幸せだよ～！」

私に気を遣わせないようにしているのか――気丈にそう振る舞った。

そんなふたりの仲睦まじい姿を見て、私は羨ましく思った。

【ヒナ……大丈夫か？】

「え？」

【なに、従魔というものは主の感情を敏感に感じ取るものなのだ。普段と少し違っているように思えてな】

私が？

別に私はいつも通りだと思うけれど……バートさんたちの話が、想像以上に心に響いたということだろうか？

【ううん。だいじょぶ。心配しないで】

【そうか。まあヒナがそう言うならいいんだがな】

ハクは言って、再びサンドイッチを食べ出した。

《ギヨーム》

一方、その頃……。


「どういうことだ！」

私は自分でも分かるくらい、激しく憤っていた。

「なんでヤツらはあんなに我がままばかり言うんだ！」

こんなに怒ったのは久しぶりかもしれない。

――最近、宮廷内で出たクレームを思い出す。


『あのカーテン、捨てちゃったんですか？　え、ヒナが作ったもの？　そうなんですか……あのカーテン、太陽の光や雑音を完璧に遮断してくれるし便利だったんですけどね』

『はあ？　もうヒナの作った枕の備品は残っていない？　あれ、すごい寝やすかったのになあ……残念です。もう一度作ることは出来ないんですか？』


などなど。

「どうしてヒナの作る魔導具を、みんなは求めているんだ！」

◆夢◆

机をガンッと叩く。

一体なにが起こっている？

魔導具師に言っても「そんなものは作れない！」の一点張り。

何故たかだかカーテンや枕を作るのに、そんなに手間取るのだ？

外部の魔導具師にも一応聞いてみたが……皆は「無理！」と口を揃えるばかり。

やはり魔導具師という人種は大した力も持っていないくせに我がままで、役立たずなのか？

いや……我がままなのは魔導具師ではない。ヒナの作る魔導具を求める他の無能連中もだ。

「全く……水筒に飽き足らず、カーテンや枕まで。そんなものを、どうしてヤツらは求めるのだ？」

疑問を吐く。


——無論、ヒナの作るカーテンや枕もただのガラクタではなかった。

カーテンはどんな熱風や爆音でも遮る、完璧な布となり。

枕はたとえドラゴンの一撃でも耐えられるほどの、高耐久の緩衝剤ともなりうるものであることを、ギヨームは知らない。


「ギヨーム様」

「なんだ！」

私が自室で怒り、暴れていると——部下の宮廷魔導士が入ってきた。

彼は私の声にビクッとなりながらも、こう続けた。

「最近……隣国で興味深い話を聞きまして」

「隣国……ゼクステリア王国のことか。なんだ？」

「どうやらゼクステリア王国で面白いものが流通しているようで……」

「はあ？」

部下の言葉に、何故だか私は胸がざわついた。

「面白いものとはなんだ？」

「そうですね……たとえば圧力鍋という魔法の鍋のことです」

「ほお？」

「その鍋があれば、一瞬で美味しい料理を作ることが出来ます。しかも耐久性にも優れているのだとか」

「それがなんだ。私は料理人じゃないんだぞ。それに——そんな鍋、作ろうと思えばいくらでも作れるんじゃないのか？」

「いえ、宮廷の料理人に聞いてみても、そんな鍋は初めて聞く……とのことです。しかもそれだけではありません。これはまだ噂の域に過ぎないのですが、魔法も使わないで温風を出す奇怪なものや、動物と会話することが出来る翻訳機などなど……そんなものが売られている魔導具ショップが王都にあるらしいです」

「魔導具――」

忌々しい単語だ。

あれから――宮廷内での皆の不満を抑えることが出来ず、私の評価はどんどん下がっていった。

それらのほとんどが、彼らの望む魔導具を渡すことが出来なかったためだ。

今まで当たり前に出来ていたことなのに……と。

今は大したことがなくても、この火種が大きくなってやがて爆発してしまうかもしれない。

そんな危険性を感じていた。

「まあさすがに、そんな神具並みの魔導具がほいほい売られているとは思えません。きっと噂に尾ひれがついて――ギヨーム様？」

「……今までそんな話は聞かなかったよな？」

「は、はい」

確かに――そんな魔導具が本当にあるとは思えない。

他の者なら、これ以上まともに聞かなかっただろう。

しかし私はそうは思わない。胸騒ぎがするのだ。

「その魔導具の話はいつからだ？」

「そうですね……ほら、ギヨーム様があの役立たずを追放してからくらいですよ。確か名前はヒナ……といいましたか」

「やはりか」

ヒナ――。

魔物の森に捨てたので、もう生存しているとは思っていなかった。初級魔法のひとつも満足に使えない少女では、森から脱出することは出来ないからだ。

しかし脱出していたとするなら？　そして王都に逃げ込んでいたら――。

魔物の森とゼクステリア王国の王都は近い。

可能性は低い。こんなことを他人に言っても「そんなバカな」と笑われるだろう。

だが、私の勘が何故だか、その推測が正しいだろうことを告げていた。

「ヒナだ。ヒナが作っているんだ」

私の突拍子もない発言に、彼が目を大きくする。

「ヒナですか？　彼女なら、そもそも死んでるんじゃ？」

「死んだところを誰かが見たわけではない！　おそらく、王都に逃げたのだ！」

そしてなんらかの方法を使い、魔導具ショップを立ち上げ……もしくは紛れ込み、そんな不思議な魔導具を作ったのだ。

バカバカしい推測だとは自分でも思う。

しかし不思議なことに、そんな確信があった。

「今すぐ王都に行くぞ！　急げば明日には着くだろう。ヤツが生きて、魔導具師をやっているとなったら話を聞いただけで蕁麻疹が出る！　そしてヒナを連れ戻し、今度は宮廷で魔導具師としてこき使ってやる！」

「それは名案かもしれません。宮廷暮らしとなったら、ヤツも満足するでしょう。なあに、ヤツはまだなにも分かっていない四歳児です。ちょっと言ってやれば、ほいほい戻ってくるでしょう」

「だろう？　くくく、待ってろよヒナ。ここで馬車馬のごとく働かせてやるからな！　はーはっはっはっはっ！」

私の高笑いが宮廷内で響き渡った。

――ギヨームは愚かであったが、勘だけは冴え渡っている男なのであった。

・・・・・・

夜。

「ねむれない……」

隣で寝ているシーラさんの背中を見ながら、私は今夜何回目になるかも分からない寝返りをうっていた。

別に眠たくないわけではない。

四歳のこの体だと、すぐに眠気がくるのだ。

しかし……瞼を閉じると、思い出すのは昼間に出会ったバートさんたちの話。

三年前に亡くなったバートさんたちの子ども——。

どうしてこんなに気にかかるんだろう？

昼間の話を思い出すと、胸がざわざわする。

そのせいで寝付きが悪くなっているのだ。

「うーん、とりあえずめをつむる！　むりやりでもめをつむったら、ねむれる！」

私は自分に発破をかけるようにして、気合いを入れて目を瞑《つむ》った。

このまま朝まで眠れないかもしれないなあ。

しかし……その心配は無用なものであった。

しばらくして、私の意識は夢の中に落ちていった……。

そこは白い雲の上のようであった。

◆夢◆

「わあ、ふわふわー」

地面をすくい上げると、まるで綿飴のようにふわふわで軽かった。

これは夢の中――。

何故だか私はそれをはっきりと分かっている。

でも夢だと分かっても覚める気配がなく、私は不思議な気分になっていた。

「どうしてかな……あれ？　私、普通に喋れるようになってるじゃん」

夢の中だからだろうか。

現実だと年相応の喋り方しか出来ないのに、今ではペラペラと考えていることを口に出せる。

ハクと頭の中で会話している時と、同じ感覚だね。

「あーあ、ここにアーヴィンたちも招待出来たらなー。だったらもっとお喋り出来るのに」

後頭部に手を回して、出来もしないことを私は考えていた。


『――大丈夫ですか？』


そんな時。

とある声が聞こえた。

これは……。

「声さん！」

私は慌てて、それに呼びかけた。

魔物の森で最初に聞いた声。アーヴィンのことを教えてくれた声。傷ついたハクのところまで案内してくれた声。

あの時の『声』だったのだ。

「久しぶり」

私が言うと、『声』が驚いたように息を呑む音が聞こえた。

『あれ……？　喋り方がちょっと違いますね。まあここはあなたの意識の中だから、そういうことがあってもおかしくないですか……』

『声』はひとりでそう納得しているようであった。

この『声』を聞くのは、ハクの時以来。

こうして言葉を交わしてみたかったけれど、あれ以来『声』を聞くことはなかった。

「あなたは精霊なの？」

私は『声』に問いかける。

――我が輩たち――魔獣と同じく滅多に人前に姿を現さない存在だ。

私にそう教えてくれたハクの声を思い出す。

ハクは『声』のことを精霊だと推測していたけれど……果たしてどうだろうか？

最初、答えてくれないと思っていた。

だけど。

『そうですよ』

意外にもあっさりと『声』は教えてくれた。

「やっぱり！」

つい声が弾んでしまう。

「ねえねえ、だったら一度会ってみたい。ダメ……かな？」

精霊は人見知りだと言っていたけれど……こうして質問することくらいはいいような気がする。

しかし『声』の反応は芳《かんば》しいものではなかった。

『……会いたくありません。こうして私があなたと会話をしているのも、本来なら有り得ないことですから』

「……そっか。仕方ないかー」

『諦めがいいんですね』

「だって、無理強いするのは悪いもんね！」

◆夢◆

『…………』

『声』は黙って、私の言葉に耳を傾けていた。

「でも……一度会ってみたいのは本当だよ？　一度会って――直接、あの時のお礼を伝えたい」

『そう……ですか』

絞り出すように言う『声』。

それに……気になるんだよね。

「ねえねえ、私と会いたくないのに、どうして何度も話しかけてくれるの？　アーヴィンとハクの時は、事情が事情だったけど……今回はそうじゃないんだよね？　それとも、また誰か傷ついているの？」

『いえ、そうではありません』

『声』は私の言葉を否定する。

『あなたの心が……ざわついているように感じたから』

「私の心？」

『はい。お昼くらいからでしょうか。あなたは自分の記憶に――』

あっ、『声』がどんどん聞こえなくなってきた。

しかし『声』の話が気にかかり、私は必死に呼びかける。

「ねえ。それってどういうこと？　私の記憶？　ペルセ帝国にいる頃のってこと？」

『いえ――もっと、前――親……』

「もっと前？　もしかして……私が両親に捨てられる以前の話？」

『そう……その時……鍵――』

途切れ途切れの『声』。

こりゃあ、お話し出来るのもあと少しみたいだね。

なら――最後にもうひとつだけ、どうしても聞いてみたいことがある。

「ねえ、声さん。いつもあなたから私に話しかけてきた」

『…………』

「だったら――今度は私から、あなたに会いに行ってもいいかな？　あなたからしか喋りかけられない……って見方を変えれば狡いんじゃない？」

『ふふふ……そういう考え方――ある。でも――私の気分……い』

楽しそうに『声』が口にした。

会うのは『声』の気分次第ってことかなあ？　でもちょっとだけ前進。

無理矢理にでも会ってもらおうとは思っていないけれど、私が『声』にちゃんとお礼を言いたいのは本当のことだからね。

私は完全に『声』の気配がなくなる前に、こう手を振った。

「またね！」

瞼を開ける。

カーテンの隙間から差し込む薄い白い日光が、朝であることを告げていた。

「ん～、よくねた～」

ぐーっと背伸びをする。

隣を見ると、既にシーラさんはいなかった。彼女はもう起床して、一階に下りたみたいだ。

「ハク、おはよ～」

『おはよう』

でもハクは私が起きるのを待っていてくれたみたい。

ハクが私のほっぺをペロペロ舐めてくれた。私はそんなハクの背中を撫でながら、ついでにもふもふする。

それにしても……。

「ふしぎなゆめだったなあ」

起きても、夢のことを鮮明に覚えている。

いや……正しくは夢じゃないかもしれない。そんな不思議な現実感を伴っていたのだ。

「わたしは、あのこえしゃんにあわなければいけない」

『ヒナ?』

ハクが私の顔を見て、不思議そうに首をかしげた。

◆夢◆

今まで無理をしてまで会おうとは思わなかった。

しかし夢（?）の中で『声』と出会い、私の中で彼と直接お話ししたいという欲求が膨らんだ。

さらに――あの『声』に会わなければ、私は『ヒナ』としての人生をちゃんとスタート出来ないように思えたのだ。

理由はないけれど――なんとなくそう思った。

「とにかくあさごはん！　ハクもいこー」

『うむ』

ハクと一緒に一階に下りて、キッチンにいるシーラさんに話しかける。

「シーラしゃん、おはようございましゅ」

「ヒナちゃん！　ぐっすり寝てたみたいだね。寝顔がとっても可愛かったよ！」

シーラさんが振り返る。

「朝ご飯出来てるから、すぐに用意するね」

「はい！」

私が食卓で座っていると、朝ご飯の食パンとサラダ、そしてスープが運ばれてきた。

「いただきましゅ！」

食前の挨拶をして、まずは食パンに手を付ける。

美味しい～！

カリッとした食感。表面に塗ったバターが食パンとマッチしている。サラダとスープも美味しくて、栄養が体に染み渡った。

「シーラさん。あーびんは、どこにいるの？」

「アーくんなら騎士団だよ。休暇が終わって、今日から復帰みたいだから」

私が朝ご飯を食べている光景を、シーラさんが楽しそうに眺めている。

そっか……。

アーヴィンって、忘れがちだけど騎士なんだからね。今までずっと魔導具ショップにいたことがおかしかったのだ。

私が寂しそうな顔をしているのに気付いたのか。

「でも夜になったら、ちゃんと帰ってくるんだからね！　アーくん、仕事を早く終わらせて、なるべく早く帰ってくるって言ってたよー」

「そうなんだ！　うれしい！」

「ふふふ。ヒナちゃんがここに来る前は泊まり込みも多くって、あんま帰ってこなかったんだけどね。ヒナちゃんのおかげだよ」

ふふふ、とシーラさんは笑った。

泊まり込みの仕事が多い……って。前世のブラック企業で社畜をしていた頃を思い出した。

◆夢◆

「ねえねえ、シーラしゃん。そうだん、いいでしゅか？」

「相談？　ヒナちゃんの相談だったらいくらでも乗るよ」

「実は……」

シーラさんに夢のことを話す。

「ふむふむ……人見知りの友達がいる？　その子に会いたいけど、なかなか会ってくれない？」

「うん」

「ふうん。その友達っていうのもどんな人か気になるけど、ヒナちゃんがそう言うんだから良い人なんだろうね」

「いつかシーラさんにも、しょうかいする！」

「ふふ、ありがと。それにしても……人見知りの子か……」

シーラさんが顎に手を当てて、ひとしきり考え出した。

しかしほどなくして……。

「だったら……美味しいご飯を作って、それを持っていってあげればいいんじゃないかな？」

「そんなことでいいの？」

「だってどんな子でも、美味しいご飯には目がないはずだよ！　ヒナちゃんは料理上手なんだしね。きっとヒナちゃんの作るご飯があれば、どんな子でも出てくるよっ！」

なるほど……美味しいご飯か。それは良い手かもしれない。

問題は精霊が人間の作るご飯を食べるかどうか分からないことだけれど……やってみる価値はあると思う。

「ないすあいであ！　わたし、さっそくおべんとうをつくる！」

「うんうん！　それがいいと思うよ。私も手伝ってあげようか？」

「おねがいしましゅ！」

「その人見知りのお友達を驚かせてあげようね！」

こうして私たちは『声』のためにお弁当を作ることを決めたのだった。

《アーヴィン》

「ヒナが呼んでいる？」

昼頃。

城内で雑務をこなしていた俺は、連絡用の魔石で姉と会話をしていた。

なんだと思って出てみれば……まさかそういうことだったとは。

『うん』

姉が言う。

この魔石があれば、離れた相手ともこうやって話をすることが出来る。

その有効な距離は丁度王都と魔物の森間くらい……だろうか。なかなか便利な代物である。

『まあ気を遣っているのか、ヒナちゃんから言い出したわけじゃないけどね。でも魔物の森まで行こうとしてて……』

「おいおい、魔物の森って……いくらハクがいようとも、ヒナだけじゃ危険だ。もちろん止めたんだろうな？」

『もちろんだよ。アーくんが戻ってくるのを待ちなよって言っているから大丈夫』

姉の言葉に、俺はほっと安堵の息を吐く。

以前、ヒナは深夜に魔物の森にひとりで出掛けようとした。

その時、彼女の軽率さを諫めたが……覚えてくれているだろうか。

今すぐにでもヒナのところに駆け付けたい。

しかし。

「……ダメだ。まだ仕事が残っている。これをほっぽり出して、そっちに戻ることは出来ない」

『えー、なによー。アーくん、ヒナちゃんの頼みを断るつもりなの？』

「ヒナが直接頼んでいるわけじゃないんだろう？」

『それはそうだけど……』

「ともかく、仕事の途中でそっちに行くことは出来ない。悪いが、ヒナには俺が戻るまで待つように伝えてくれ」

『ちょ、ちょっと！　アーくん……』

まだ姉は喋りたそうだったが、俺は気にせず魔石の通信を切った。

「全く……もしや姉は俺が暇だと思っているのか？」

平民上がりの騎士である俺は、周囲から蔑まれることも多い。

そのせいで人より危険な任務につかされることもあるが――安全である半面、誰もやりたがらない雑務を押し付けられることも多いのだ。

それが今である。

しかしヒナが「おねがい」と言っている顔を思い浮かべると、そわそわして落ち着かない。

それでも心を鬼にして、書庫で資料を集めていたのだが……。

「アーヴィン。どうしたのかな？　なにか考えごと？」

「……っ！　ライナルト様ですか。いきなり喋りかけないでください」

後ろを向くと、ライナルトが愉快そうにクスクス笑っていた。

ここは城内なので、彼がいてもおかしくはないんだが……それでも少し驚いてしまうのだ。

「ごめんごめん。それでアーヴィン……なにか様子がおかしいみたいだけど？」

「様子ですか？　俺はいつも通りですよ」

「もしかして……ヒナからの呼び出しを受けたとか？」

「……聞いていたんですか。盗み聞きはあまり褒められたことじゃありませんよ。殿下」

◆夢◆

溜息を吐いてライナルトを窘めるが、当の本人は笑顔のまま表情を変えなかった。

彼は盗み聞きに関して肯定も否定もせず、こう続ける。

「ヒナから呼び出しを受けたなら、早く行ってあげなよ」

「いや……俺には仕事が残っていますし」

「んん？　アーヴィンはヒナと仕事――どっちが大事なのかな？　ヒナのことはそんなに大事じゃないってわけ？」

「そういう話じゃないでしょう」

いきなり面倒臭い恋人のようなことを言い出すな。

「仕事……って。またどうせ急ぎのもんでもないだろう？　他の連中が君に嫌がらせのように雑務を押し付けているだけだ」

「まあ、それはそうかもしれませんが……俺の一存でそれを判断することは出来ません」

「だったら僕が決めよう。その仕事はまた明日にでも片付ければいい。王子からの勅命だ――今の君の仕事は、すぐにでもヒナのところに駆け付けることだ！」

勇ましくライナルトは俺を指差す。

「戯れをおやめください、殿下。俺は……」

「ふふ、戯れなんかじゃないよ。ヒナは国の運命を左右しかねないくらいの、優秀な魔導具師だろう？　そんな彼女が困っているなら、解決してあげたいと思うのは自然なことさ」

「屁理屈もやめてください」

「屁理屈でも理屈には変わりない！　さあ、早く行っておあげ！　お困りの姫君を、君の手で救うんだ！」

まるで演劇スターのように、仰々しい口調でライナルトが告げる。

全く……どいつもこいつも。

だが、わざわざ王子殿下直々の命令を受けたとなったら好都合だ。

「では……お言葉に甘えて。本当にいいんですよね？」

「ああ。他の連中には言っておくからさ。いくら放蕩王子の言葉だからといって、無視することは出来ないだろうし」

ニコニコとライナルトが笑みを浮かべる。

しかし表情が一転。

今度は真剣な顔になって……。

「そういえばペルセ帝国の宮廷のことなんだけど……」

「なにか動きがありました？」

「いや——大きな動きはないよ。それは安心して欲しい。でも君からの調査結果を踏まえると——ペルセ帝国の例の噂は本当だったみたいだ」

「やはりですか」

◆夢◆

対して驚きもしない。

ヒナへの仕打ち。そしてハクから聞いた話を合わせれば、そう結論づけるのは当然だからだ。

ライナルトは続ける。

「例の噂――少しでも魔力がある子どもがいたら、無理矢理宮廷に連れてきて魔法を教えていたらしい。その魔法を教えるトップが――ギヨームという男だ。ここまでは知ってるよね？」

「はい」

「そしてこのギヨームという男だが……どうやら最近はかなり機嫌がよろしくないようだ」

「どうしてですか？」

「大体察しはつくけど――まあ確証はないからやめておこう。どちらにせよ僕が言いたいのは、近いうちにそのギヨームがなにか仕掛けてくるかもしれない……ということさ」

ギヨーム――ヒナから話は聞いている。

パワハラ気質の宮廷魔導士で、彼に追放されたということも。

正直、それを考えるだけで怒りが込み上げてきて、頭がどうにかなってしまいそうだ。

「仕掛けてくる？　この国に乗り込んでくるとでも言うおつもりですか？」

「そこまでは分からないよ。しかし……数日前にギヨームがペルセ帝国を発ったと連絡が入った。僕には、それ以上の情報はあまり入らなかったが……嫌な予感がする」

「ほお」

どうしてペルセ帝国のパワハラ野郎がそんなことを？

一瞬、ヒナの顔が思い浮かぶが、ヤツらは彼女をわざわざ追放したのだ。今更取り返しにくるとも思えない。

長年一緒にいても、ヒナの魔導具師としての才能を見抜くことが出来なかったんだしな。

疑問を感じるが、ライナルトがそう言う以上はなにかあるのだろう。

「とにかく……なにかあっても、平和的に解決するつもりだけど……もしかしたら君の力を借りるかもしれない。それだけは覚えていてくれ」

「分かりました。しかし……いいんですか？」

「なにがだい？」

「仮にそのギヨームとかいう男と相対した時は、一発殴ってしまうかもしれません」

「ははは、それは面白いね。その時は是非、僕の目の前で」

俺の言ったことを冗談だと思っているのだろうか……ライナルトが楽しそうに笑った。

冗談じゃないんだけどな？

◆真実◆

「よーし、できたよ！」

完成したお弁当箱を前に、私は腰に手を当てた。

「わあー、美味しそうだね！」

シーラさんがそう手を叩く。

「わたしとハクと……こえしゃん、あーびんのぶん！　きっとこえしゃんもよろこんでくれるはず！」

「うんうん。きっとそうだよ！」

シーラさんが目尻を下げ、微笑ましいものを見るように眺めていた。

でも……。

「あーびん、ほんとうにもどってくるの？」

「うん。仕事が早く終わりそうだって。もうそろそろ……」

とシーラさんが言葉を続けようとした時であった。

店の扉が開く音。

「帰ったぞ」

あっ、アーヴィンだ！

「あーびん！」

私はアーヴィンに飛びつく。アーヴィンは私の体を優しく受け止めてくれた。

「ごめんね。おしごとしてたのに……でもわたし、はやくこえしゃんにあいたい！」

「いきなりなにを言い出すかと思ったら……まあ気にしなくていい。これはこれで仕事だしな」

「え？」

首をひねる私。

しかしアーヴィンはそれに答えず、四人分のお弁当箱を見てこう続けた。

「じゃあ……行くか。四人分ってことはハクも行くのか？」

『無論だ。我が輩は常にヒナと共にある』

「あんたもヒナにぞっこんだな。まあ万が一に備えて、フェンリルがいてくれるとなったら心強い」

そうアーヴィンは私を肩車してくれる。

「シーラ。店番は頼む」

「はいはーい。その人見知りの友達って子に会ったら、よろしく言ってあげてね。よかったらこのお店に来てって伝えてあげて！」

シーラさんが手を振る。

◆真実◆

よーし！

今から会いにいくから待っててね！

私は心の中で宣言した。


魔物の森に到着。

訪れるのはこれで三回目だろうか？

本当は魔物がいっぱいで恐ろしい森なんだけれど、私はまだその姿を見たことがない。

まあ私にはアーヴィンもハクもいるし、魔物が出てきてもへっちゃらだけどね！

『声』が魔物を遠ざけてくれているのかな？

「こえしゃーん！　でてきてくださーい！」

気分はまるでピクニックに来たみたいだ。

私はルンルン気分でそう声を上げる。

しかし——予想していたことだが、返事はなかった。

「うぅ……でてきてくれない」

「そう簡単に出てきたら、もうとっくに会えているだろう？　ハクの予想だと相手は精霊なんだしな」

『うむ』

「あっ、そのことなんだけど……」

私はアーヴィンたちに夢の内容を伝える。

すると一様に驚いた様子で、

「そうだったのか」

『精霊がそれだけヒナのことを気にかけてくれているのは、すごいことだ。彼らは他人に興味がないからな』

と言った。

『声』は気分が乗れば、私に会ってくれると言っていた。

こう反応がないのが分かると、少し不安になってくるけれど……。

「もんだいない。わたしにはこの、とくせいのおべんとうがあるんだから！」

私は風呂敷に包んだお弁当箱を掲げた。

ちなみに……残り三人分のお弁当箱はアーヴィンが持っている。

さすがに私だけじゃ重くて持てないからね。あーあ、早く大きくなりたいな～。

「ヒナの手作り弁当だ。きっとその精霊も食べたいに決まっている」

『違いないな』

アーヴィンたちも優しい言葉をかけてくれた。

——まだ魔物の森に着いて、少ししか経っていない。

諦めるのはまだまだ早い！

私はそう自分を勇気づけて、『声』に呼びかけながら森の中を歩くのであった。


——二時間くらいが経過した後。


「こえしゃん……ぜんぜんへんじ、してくれない」

私は大きな岩に腰掛けて休憩していた。

「なかなかの不躾者《ぶしつけ》だな。これだけヒナが頼んでいるというのに……」

『アーヴィンの言う通りである』

アーヴィンたちもちょっとイライラしているみたい。

だけど。

「そんなこといっちゃ……めっ！　むりをいってるのは、わたしのほう！」

「……ふう。全くヒナは優しい子だな。本当に四歳とは思えない」

『たまにヒナは大人みたいな発言をするな』

優しいかどうかはともかく、中身は幼女じゃないしね！

正直、『声』に会いたいという気持ちだけだったら、今日のところは諦めていただろう。

だが、私にはそれ以上にバートさんたちの言葉……そして『声』の言っていた「鍵」というのが気にかかる。

このままだったら今夜も寝付くのに苦労してしまう。

「さいかいー」

えいっ。

私は岩から下りて、アーヴィンたちに宣言する。

「たぶん、もうちょっとよびかけたら、こえしゃんもあきらめてでてきてくれる。だからもうひとがんばり！」

もしかしたら……最初にアーヴィンを助けた川のほとりまで行けば、『声』に会えるかも？

あそこは他のところ以上に、声がはっきり聞こえた気がするし。

「おい……ヒナ。そう急ぐな。こけて……」

私はアーヴィンの忠告も聞かず、川まで向かおうと小走りで駆け出した。

しかし。

「きゃっ！」

つまずき、前のめりに倒れてしまう。

反射的に私は両手を前に出し、受け身を取る。

そのおかげで地面に顔面激突——という事態にはならなかったが、じーんと両手に痛みが

◆真実◆

襲ってきた。

「急に走り出すからだ！　大丈夫か？」

すぐにアーヴィンとハクが心配そうに駆け寄ってきた。

「ご、ごめんなしゃい……ちもでてないから、へいき」

「謝らなくても大丈夫だ」

『ヒナが無事だったら問題ない』

アーヴィンとハクの優しさが胸に染みるよぉ。

え……でも、私が持っていたお弁当箱は？

アーヴィンに支えられながら、恐る恐る前方を見る。

すると――そこには蓋が開き、中身が地面に散らばってしまったお弁当箱が転がっていた。

「おべんとうが……」

悲しさが込み上げてくる。

「……弁当は確かに残念だ。しかしあと三人分ある。俺の分はいいから、それをヒナが食べればいい」

『我が輩の分もいいぞ。それとも……一度街に戻ろうか？』

「それもいいかもしれないな」

ふたりが超優しい。

それに対して、本当に私ってドジ。四歳の体だということも忘れ、アーヴィンの忠告も聞かずに走り出すなんて……。

あれ……？

おかしいな。視界が潤んできたよ。

「ヒナ？」

「んっ……！　ひっく……！」

気付けば、私の目から涙が零れてきた。

「ど、どうした⁉　見た目はあまり問題なさそうだが、もしや怪我をしたのか？」

『痛かったのだな。ヒナ……！　どうか泣きやんで欲しい。こうなったのは全て従魔である我が輩が不出来なせいだ』

アーヴィンが私の頭を撫で、ハクが手をペロペロ舐めてくれる。

だけど――泣くのをやめられない。

この体だと、感情の制御がきかなくなって泣いてしまうことも多かったが……ここまでのことは初めてだ。

痛いから泣いているんじゃない。

それは多分、ドジな私を気遣ってくれるふたりの優しさに感動したから。

しかもひとり分のお弁当も台無しにしてしまったし……。

地面に散らばったおにぎりやおかずが、私の不甲斐なさを責め立てているように見えた。

「ヒナ、大丈夫か？」

『ヒナがこうだと、我が輩も悲しくなってくる……』

ふたりが必死に私をなだめようとしてくれる。

その時であった。


――「お嬢さん、泣かないでください。あなたに涙は似合いません」


優しい声。

前を見ると、地面に落ちたお弁当の前に――人型の光が現れたのだ。

それは幻想的な光景だった。

光はさらに鮮明なものになっていき、やがて上下白い服に身を包んだ男性となった。

「きれい……」

私はそう声を零してしまう。

柔らかい表情を浮かべた男性。服だけではなく髪も肌も雪原のように真っ白で、美しい顔立ちをしていた。

急に現れた人に対して、アーヴィンとハクは警戒を強める。しかしそんなふたりを「だいじょぶ」と私は制した。

その白い服の男性はしゃがんで、おにぎりを掴んだ。

「あ、それ！　きたない――」

私が言うよりも早く、彼はそれを口の中に放り込んでしまった。

「――美味しいですね。もっと食べてみたい」

と彼は笑みを浮かべた。

彼の声――そして姿を見て、私は確信する。

「あなたが……こえしゃん？」

私が呼びかけると、彼は口を閉じて頷いた。


「ごめんなさい」

白い服の男性――通称『声』はそう頭を下げた。

「あなたが僕を探しているのは分かっていました。しかし……どうしてもあなたの前に姿を現すのが怖くなり、迷ってしまった。その結果、あなた――ヒナを泣かせるような真似をしてしまいました。本当にごめんなさい」

「あなたはわるくない！　わるいのは、ぜんぶわたし！」

謝る『声』の頭をなんとか上げさせようとしたが、彼はなかなか顔を見せてくれなかった。

転んで泣いたのは彼のせいではなく、私が不甲斐ないせいだしね！

でも。

「全くだ。そもそもお前がさっさと姿を現していれば、こんなことにはならなかった」

『怖くなってしまった……だと？　それでヒナがどれだけ悲しんだと思っているんだ』

アーヴィンとハクは憤っていた。

なんでふたりが怒るの！

「ふたりとも……めっ！」

私がアーヴィンとハクの顔の前で人差し指を立てると、ふたりは押し黙った。

「そんなに、こえしゃんをせめない！　せっかくでてきてくれたんだから……かんしゃしないとっ」

「まあヒナがそう言うなら別にいいんだが……」

『う、うむ』

ふたりともバツの悪そうな顔になる。

――クスクス。

その様子を見て、『声』は笑いを零した。

「すみません。本当にあなたたちはヒナのことが好きみたいですね。彼女に頭が上がらないようだ」

『声』の笑い声にふたりは虚をつかれたように、照れた表情になっていた。でも不快になった様子ではなさそう。

「ねえ……あなたはせいれいなんだよね？」

私の問いに、彼は頷く。

「はい、その通りです」

「むりにあおうとして、ごめんね。ひとみしりなんでしょ？」

「その通りです。まあ人見知りというのは、少し語弊があるのかもしれませんが……」

言い淀む『声』。

どうして人間のことが、そんなに信用ならないのだろう？　なにか悪い思い出でもあるのだろうか。

そう疑問に思う私の後ろから、ハクが『声』をじーっと見ていた。

『……うむ。やはりか』

「ハク？」

『そもそもおかしいと思っていたのだ。姿を現さず、声だけを人間に届けることなど……。しかも森の中だけならいざ知らず、ここから離れた街にいるヒナにまで話しかけることが出来る。いくら精霊でも、普通ならそんなことは不可能だろう』

「ねえ、なにがいいたいの？」

『実際に姿を見て分かった。そいつは精霊でもただの精霊ではない。精霊の中でも最も格が高い――大精霊という存在だ』

「そうなのー!?」

……って驚いてみたけど、いまいちピンとこない。

大精霊が他の精霊たちとどう違うのか、そもそも分からないしね。

でもアーヴィンはそうじゃないみたいで。

「だ、大精霊だと……？　神にすら匹敵する存在ではないか」

「ほんと？」

「ああ。実際、大精霊を祀っている宗教も中にはあるくらいだ。普通の精霊はあくまで、自然の中で生きる一種族……であるのに対して、大精霊は違う。その膨大な魔力によって、時に神の御技《みわざ》を体現出来る存在だ」

「ふうん、そうなんだ」

アーヴィンが一生懸命説明してくれているが、やっぱりすごさが伝わってこない。

「その通りです。大精霊――人々は僕をそう呼びます」

『声』――大精霊はアーヴィンたちの言葉を否定しなかった。

『なるほどな。だから執拗なまでに、たとえ相手がヒナであろうとも姿を現さなかったわけだ』

「はい」

あれ……そういえば、大精霊はフェンリルのハクが喋っていても驚かないんだね……と思ったが、彼は姿こそ現さなかったものの、私たちのことを見守ってくれていた。

だから翻訳機のことも知っているだろうし、今更か。

「そんなことより……」

色々と聞きたいこともあるけれど、取りあえず最初の目的を達成しよう！

「おひるごはん！　もう、おひるからだいぶすぎちゃってるけど……みんなでごはん、たべよ！　はなしはたべながら、する！」

私が声にすると、大精霊は穏やかな笑みを浮かべた。

アーヴィンがマジックバッグからレジャーシートを取り出して、それを地面に広げて――お昼ご飯だ！

「「『いただきます！』」」

四人がレジャーシートの上に座り、そう言って手を合わせる。

地面に散らばった分のお弁当は、大精霊が元通りに戻してくれた。なんでも大精霊だったら、こういうことも出来るみたい。

だったら最初からそうしてくれればよかったのに！

わざわざ地面に落ちたおにぎりを口に入れる必要はどこにもなかったんじゃ……？

そう思って彼に問いかけてみたが、

『早くあなたのおにぎり……？　というのを食べてみたかったですからね。我慢出来なかったのです』

とさらりと言ってのけていた。

「これは……なんですか？」

大精霊がとある料理をフォークで刺し、それを私に見せる。

「それは……はんばーぐ！　とってもおいしいよ」

「そうなんですか――じゃあ早速……」

彼がハンバーグを口に放り込む。

すると……。

「美味しい！」

と目を輝かせてくれたのだ。

「ふふ、よかった。にんげんのたべるもの、おいしい？」

「ええ。とはいえ、人間の作る料理を食べることはほとんどないですが、これほど美味しいものは初めてです」

「まあヒナの作る料理は別格だからな」

『我が輩も最初食べた時は驚いた』

どうやら大精霊も気に入ってくれたみたいで、ほっとひと安心。

その後、私たちはおにぎりや卵焼き……たこさんウィンナーなどに舌鼓を打ちながら、話を始めた。

「ねえ、だいせいれいしゃん。さっきいってたこと、もうすこしくわしくきいてもいい？」

彼がなかなか人前に姿を現さない理由だ。

今までの口ぶりからして……ただ人見知りなだけじゃないような気がしたのだ。

私の質問に、彼はとつとつと語り始める。

「そっちのアーヴィン――というかたが言っていた通り、僕は時に神の御技を表出することも出来ます。なので……今まで何人もの人間が僕に接触しようとしてきました」

「ふむふむ」

顎に手を当てて、私は彼の話に耳を傾ける。

「僕は人間の心がちょっとだけ読めるんですよ」

「す、すごい！」

「まあ……完全には読めませんけどね――僕に接触してくる人間は自分の利益しか考えていませんでした。僕の力を利用し、金や権力を得ようとしているのです。そんな彼らに嫌気がさし、僕はこの魔物の森に姿を潜めていた」

ここだったら、あまり人間も寄り付かないですしね――と大精霊は続けた。

うーむ……どうやら彼にも嫌なことがあったみたい。

「だったら、どうしてわたしをたすけてくれたの？」

最初――彼の声を聞かなければ、私はこの森で野垂れ死んでいたかもしれない。

アーヴィンやハクと出会うこともなかったし、夜中に私が不安になっていると優しく語りかけてくれた。

彼は表情を柔らかくして。

「それはあなたが澄んだ心の持ち主だからですよ」

「わたしが？」

「ええ――あなたが森を訪れた時、それがすぐに分かりました。そしてそこにいるアーヴィン、そしてハクもね」

急に名前が挙がって、アーヴィンとハクは驚いた表情になる。

「そもそも僕は人間を嫌いになりたくて嫌いになったわけではありません。出来ることなら、人間を信じてみたかった。だから僕はあなたに賭けてみたんですよ」

「わたしが……あーびんとハクをたすけられるのか、っていうこと？」

頷く大精霊。

「僕の力があれば、ふたりを治せるとはいえ——そのためには姿を現す必要がありましたからね。なので僕はあなたを使って、ふたりを助けようとしました。試すような真似をして、ごめんなさい」

「ううん。いいの。だって、わたしをあーびんとハクにあわせてくれたんだからっ」

と私はアーヴィンとハクに抱きつく。

なるほど……そういうことだったのか。

でもこうして私の前に姿を現してくれたということは、彼の意に沿ったということかな？

訊ねてみようとするけれど……やっぱりやめた。

だって彼の表情を見ていたら、答えが分かるみたいだもん！

「あーびんとハク——そしてここにいないシーラしゃんは、わたしのたいせつなかぞく」

幼い頃に両親に捨てられ、ペルセ帝国の宮廷で育てられた。

だが、あの時は優しくしてもらえていなかったし、家族というよりも上司と部下の関係みたいだった。

だから私はそれを強く意識するのであった。

「ヒナ……」

『そう言ってくれるのは嬉しいぞ』

アーヴィンとハクも嬉しそう。アーヴィンにいたっては何故だか、目尻にうっすらと涙が浮かんでいるくらい。

「…………」

大精霊は私たちを見て微笑ましいというような表情をするが、一転――表情が真剣味を帯びる。

「ヒナ。あなたは真実を知るつもりはありますか？」

「え？」

思わず聞き返してしまう。

「いえ、あなたが彼らを本当の家族だと思うなら、それでもいいと思います。このまま過去のことを知らず、彼らと幸せに暮らすのも悪くありません。ただ……あなたの本当の両親――それについて知りたいとは思いませんか？」

「それは……」

それ以上、上手く言葉が紡げない。

私の本当の両親――。

もう知ることはないと思っていた。それに知らなくても、今が幸せならいい……とそう自分に言い聞かせてきた。

しかしバートさん夫妻の話を聞いて、私の中に別の思いが生まれた。

「わたし、しりたい。わたしのかこに、なにがあったのか。なんで、ほんとうのおとーさんとおかーさんは、わたしをすてた……のか」

たどたどしい言葉で決意を表明する。

彼は再び優しげな表情になって。

「そうですか……ならば僕はあなたに真実を知らせることが出来ます」

「ほ、ほんとうでしゅか!?」

「はい。ですが、僕の力だけじゃ無理です。あなたの力も借りなければ」

「どういうこと?」

「それは……」

大精霊はこう続ける。

今から私を『記憶』の世界に連れていく。

そこは私の意識がはっきりしていなかった——宮廷に拾われるよりも以前の記憶を覗くことが出来る。

そうすれば、必然と私の本当の両親を知ることが出来るだろうと。

「しかしこれには危険が伴います」

彼の言葉によって、空気がピリッとしたように感じた。

「小さすぎるということもありますが、あなたが本当の両親について断片的な記憶もないということは……すなわち、自ら記憶を封じ込めている可能性もあるということです」

「ふうじ……こめて？」

「はい。たとえば――辛い記憶を思い出さないようにするため、鍵をかけているような状態ですね。

今からあなたがすることは、その鍵を無理矢理解くような真似です。その際に、自分を見失ってしまうかもしれません」

「つまり？」

「あなたが記憶の世界から戻ってこれなくなる可能性――そして、戻ってこられたとしても精神に大きな傷を負ってしまう……その可能性があるということです」

一気に危険な行為のような気がしてきたね。

「な、なんだと!?　そんなのは……却下だ！　少しでもヒナに危ないことをやらせるような真似は俺が許さん！」

『アーヴィンと同感だ！』

「もちろん、僕もヒナがそうならないように力を貸します。しかし最終的にはヒナの意志の力が重要になってきます。ヒナなら大丈夫だとは思いますが……どうしますか？　やめておきますか？」

大精霊が選択を突きつけてくる。

「ヒナ、やめておけ。メリットがあまりない」

『そうだ。話にならん』

アーヴィンとハクが必死に止めている姿を見ながら、私は今までのことを思い出していた。

私はただこの世界に生を受けたわけではない。前世の記憶がある。

何度も言うが、前世では買い物が趣味だったんだけれど……それは買い物という行為が、私に知らない世界を見せてくれたからだ。

思いも寄らない商品。

購入しいざ使ってみたら、生活が便利になった。

もちろんハズレとしか言いようがない商品を買ってしまったこともあるけれど……それらも含め、私の大事な血肉となった。

ものを買う行為は、世界が広がるということ。

知らない世界を知る……それが私にとっての買い物であった。

だから私は……。


「わたし――それでも、しりたい」

と私の思いをしっかり大精霊に届けた。

「ほんとうのことがしりたい。きっとそれをしれば、せかいがひろがる。このままなにもしらないままだなんて……かいものずきとして、ゆるせない！」

アーヴィンとハクは「買い物好き……？　どうして今、その言葉が飛び出すんだ？」と不思議そうにしていたが、大精霊は合点いったような顔になり。

「分かりました。あなたは澄んだ心だけではなく、勇気も持ち合わせている女の子のようですね」

と私の額に手を当てた。

「『ヒナ！』」

アーヴィンとハクが近寄ってくるが、私はそれを手で制す。

「だいじょぶ。わたし、ぜったいにもどってくる。いかせて」

「だ、だが……」

「このまま、しらないことがあるなんていやだよ……いままでみたいに、あーびんたちのまえで、わらうことができないかも」

私が言うと、ふたりは悩んでいた様子であったが、

「……分かった。お前の好きなようにさせよう。しかし……絶対に戻ってくるという言葉を忘れるんじゃないぞ!?」

『戻ってこなかったら、タダではおかんからな！』

「うん！」

頷き、私は大精霊と視線を合わせる。

「だいせいれいしゃん……おねがいしましゅ！」

「うん。じゃあ目を閉じて……」

彼の言う通りにする。

それはほどなくしてやってきた。

思考がぎゅーっと凝縮されていくような感覚が終わったかと思えば、白いもやがかかった世界が開けたのは。


「あの時の夢と一緒……？」

雲の上のような不思議な世界に、私は立っていた。

『はい。そこは君の意識の深層世界。ここであなたは昔の記憶を取り戻すのです』

あっ、大精霊の声も聞こえてきた。

でも姿は見えない。

私も年相応の喋り方じゃなく、はっきりと言葉を紡げるし……こういうところも、昨晩の夢と一緒だね。

『ん……道がふたつある？』

彼が不思議そうに口にする。

「そのふたつの道のどっちかが、私の小さな頃の記憶……ってこと？」

『んー、その通りなんですが……道がふたつあるとは珍しいですね。もしやあなたは前世の記憶を持っているんですか？』

「え！」

ずばり言い当てられて、つい素っ頓狂な声を出してしまう。

「その通りです……」

『そうですか。しかもこれは別の世界から転生してきたみたいですね』

「分かるんですか？」

『はい。まあその話はまた別の時にお聞きするとして――どうしますか？　前世の記憶と、現世での記憶……どちらを遡りたいですか？　好きな方をお選びください』

うーん、別に前世の記憶ははっきりしているんだし、今更知らなくてもいいよね。

「現世の記憶でお願いします」

『分かりました』

大精霊が頷いた――気がした。姿は見えないけどね。

「ではどうかご武運を。意志をはっきり持つんですよ」

「はい！」

元気に返事をすると、その途端に地面が崩れ出した。

「わわわ！」

慌ててなにかを掴もうとするが……そんなものはここにはない！

逆らえず、私の体は落下していき目の前が真っ暗になった。


「やめて！」

女性の声が聞こえると同時、視界が元に戻る。

見ると——とある男女ふたりが壁際に追いつめられていた。

フードで隠れていて、顔がよく分からない。

そして……。

「あれは私？」

男の方の腕にひとりの赤ん坊が抱えられていた。

それを見て直感する。

あの赤ん坊は私——どうやら宮廷に拾われる前の光景のようだ。

さらに男女ふたりを壁際に追いつめる、いかにも悪人といった形相をした男共がこう口にする。

「さっさと離しやがれ」

「そうだ。そっちの方が身のためだぞ」

ニヤニヤと笑みを浮かべる悪人面の男たち。

なんだろう……どこかで見たことがある人たちのような？

しかし悪人面の男たちに追いつめられながらも、赤ん坊——私を抱えた男女ふたりは抵抗する。

「だ、誰が渡すもんか！」

「そうよ！　あなたたちがなんなのかは知らないけど、この子は私たちの宝なんだから！」

どうやら赤ん坊の私を抱えている男女ふたりが、私の両親のようだ。

あれが私のお父さんとお母さん——。

「えいっ！」

私は両親を助けようと、悪人面の男共に体当たりをかます。

だが、激突しようかとした瞬間、すり抜けてしまった。

そういえば大精霊は言っていた。私の記憶を遡ると。

ただこれは記憶の映像を見せられているだけで、そこに干渉は出来ないらしい。

だったら……両親の顔だけでも！

そう思って、彼らの顔を覗き込もうとした時であった。

「ふんっ。しつこいドブネズミ共が。私の手を煩《わずら》わせるな」


後ろから声。

振り向かなくても分かる。

宮廷から追放されても、片時も忘れられなかった声だ。

忘れようと思っても簡単に忘れることは出来ない。

「お前ら、どうするつもりだ？」

赤ん坊の私を抱えた男が問う。

「貴様の子どもには魔力がある。魔法使いの卵――そんな子どもを、たかがドブネズミが立派に育てられるわけがないだろう」

「だったらなにか。お前らならちゃんと育てられると？」

「うむ」

そ・い・つは首肯する。

「私たち、ペルセ帝国では優秀な魔法使いを育成する術を持っている。そこで魔力がある子どもを積極的に引き取って、魔法使いに育て上げているのだ」

◆真実◆

「そのためなら、たとえ他国の子どもであろうと無理矢理攫《さら》うのか？」

「攫う？　くくく、人聞きが悪いことを言うな。これはいわば救済だ。才能がある子どもを、ろくでもない親から救済し、見事な魔法使いに育てる……というな」

顔も見たくないから振り返らなかったが――聞き捨てならないことを言われ、後ろを向く。

すると――そこには私の見知った顔があった。


その名はギヨーム。


ペルセ帝国の宮廷魔導士だった男だ。

「私たちはそんなことを望んでいない！」

子どもを攫われようとしている女性が、そう怒声を上げる。

「この子と幸せに暮らしたいだけ。魔法使いになんてならなくていい。ただ――」

「ふんっ、愚かだな。せっかくの才能をふいにしようとするとは――まあ説得しようとも思わぬ。どちらにせよ、その子どもはいただく――やれ」

「はっ！」

ギヨームが指示をすると、悪人面の男たちが一斉に男女ふたりに襲いかかった。

当初ふたりは抵抗していた。

だが、それも空しく――赤ん坊の私は、彼らに奪われてしまったのだ。

男女ふたりは傷だらけで地面に横たわるのみ。

「はーはっはっはっ！　私に逆らっても無駄だ！　ひとつ言っておくが、このことを他人に言おうと思うなよ。その時はこの赤ん坊がどうなるか……分かっておるな？」

姑息な手段だ。

赤ん坊の私を人質に取って、ふたりに口止めしている。

動悸が激しくなり、胸のところがきゅーっと苦しくなった。

「はあっ、はあっ……許さない」

赤ん坊を攫われた男性が声を絞り出す。

「だが――せめてその子をちゃんと育ててくれ。もしその子に酷いことをすれば、俺たちはどんな手段を使ってでも貴様らに――」

「はいはい。ちゃんと教育しますよ。安心してください」

男の声を遮り、ギヨームはニヤリと笑みを浮かべる。

そして最後、男女ふたりはフードを取ってギヨームを強く睨みつけた。

その時――私は本当の両親を知ったのであった。

「バ、バートさんとミアさん⁉」

「ヒナ！」

アーヴィンの声で目が覚める。

瞼を開けると――私はアーヴィンに膝枕をされた状態で寝そべっていた。

「ちゃんと戻ってきたんだな……よかった」

安堵の息を吐くアーヴィン。

『さすが我が主だ。この程度の試練は軽く乗り越えよるか』

「意志の強さの賜物ですね。よくやりました」

ハクと大精霊も私の顔を覗き込んでくる。

だが、私は先ほど見た光景が脳裏に焼き付いていて、涙を堪えながらこう言った。

「わ、わたしのおとーさんとおかーさん……ばーとさんとみあさんだった」

「バートさんとミアさん？　風と光の喫茶店を営んでいる夫妻だよな？　ヒナ、どういうことだ？」

「ちいさいころ――」

私は三人に説明する。

真実――。

私は両親に捨てられ、それを宮廷に拾われた――というわけではなかった。

ギヨームら、ペルセ帝国の連中が無理矢理私を攫ったのだ。

理由は帝国が魔力のある子どもを集めていたから。

そしてその私の両親とは、バートさんとミアさんで――ふたりの抵抗も空しく、赤ん坊の私がギョームらに攫われたところで、目が覚めたということを。

ハクと大精霊は驚いた様子で、

『あいつらはなにを考えておる!? 魔力がある子どもを、無理矢理親の手から離す？ 神にでもなったつもりか？』

「あまりに傲慢すぎますね。人間の中にはこういう輩もいるから……僕はこの森に引きこもったんです」

私のために怒ってくれた。

「あーびんは、あんまりおどろかないんだね？」

「いや……十分驚いている。しかしペルセ帝国のそういう噂は耳に入っていたからな。よくよく考えてみれば、わざわざヒナみたいに可愛くて、しかも魔力がある子どもを捨てる両親というのも不自然だ。もっと早く気付くべきだった」

とアーヴィンは悔しそうに言った。

でも静かなる怒りを、必死に堰き止めているようにも見えた。どうやらアーヴィンもペルセ帝国に怒りを覚えているのは、変わらないようだね。

ギョームのやったことは腹立たしい。

バートさんは「亡くなった子どもが成長していれば、丁度私くらいの歳」と言っていた。

しかしその子どもとは私のことで、話が分かればごくごく自然なことだ。

「でも……よかったあ」

「良かった?」

アーヴィンが首をかしげる。

「わたし、いらないこだ、ってすてられたわけじゃなかった。むりやり、さらわれただけだったんだ」

正直——少し気にしていた。

本当の両親は、私のことを嫌いだったんじゃないかと。

そして私なんか産まなければよかった……そう思っているんじゃないかと。

「だけどちがうんだ。わたし……いらないこじゃなかったんだ」

「そんな心配をしていたのか。だが、もうそんなことは考えなくていいんだぞ」

アーヴィンが優しく私の背中を撫でてくれた。

『それで……ヒナはあの喫茶店の夫妻にこのことを伝えるのか?』

ハクが問いかけてくる。

私は少し悩んで、

「すぐにはおしえない……かも。いきなりいっても、しんじてくれないかもしれないし」

と声にした。

それに――バートさんは「今が幸せ」と言っていた。

そこに攫われた子どもが私でした！　なんて言ったら、ふたりの生活が一変してしまうんじゃないか？

そう思ったからだ。

「無用な心配だと思うがな」

『まあだが――それがいいかもしれぬ。タイミングを見て、言ったらいいだろう。いきなり言って、腰を抜かされても困るしな』

「ははは、そだね」

ハクの物言いに、なんだか笑ってしまった。

私が笑っているのを見て、三人は表情を緩めた。

「じゃあ……そろそろ、まちにもどる？　くらくなってきたし」

空を見上げると、ずいぶん暗くなっていた。

いつの間にか時刻は夜に差し掛かろうとしている。

あんまり遅くなっちゃったら、シーラさんを心配させちゃうかもしれないしね。

「せいれいしゃんはどうする？」

「……私はここに残りますよ。あまり人が多いところに行くのは、まださすがにちょっと抵抗がありますし」

「そっか……じゃあまたあそびにくるね！」

「待っていますよ。今度は隠れたりしませんから」

「きがむいたら、わたしたちのおみせにもきてね」

「はい」

大精霊が笑顔になる。

さて……と。

私たちは森を出発し、街に帰ろうとしたら……。


『アーヴィン。聞こえるかな？』


アーヴィンの胸元辺りから声が聞こえた。

「ライナルト様からの通信……？　――どうかされましたか？」

彼はそこから魔石を取り出して、通信を始めた。

連絡用の魔石だね。前世でいうところの携帯電話やスマホみたいなものだと聞いている。

『ヒナもそこにいるよね』

「いるよー」

横から私は魔石に話しかける。

『ちょっと面倒なことになってね。どうしたものかと思って』

「面倒なこと？」

アーヴィンが問うと、ライナルトの声はこう告げた。

『ヒナにお客さんだよ。名前は――ギヨーム』

「二巻に続く」

番外編

◆シーラさんの悩み◆

「いらっしゃいませー！」

今日も魔導具ショップに、シーラさんの元気な声が響き渡る。

私は彼女の接客姿をじーっと眺めていた。

ちなみに……ハクは窓際で気持ち良さそうに眠っている。

日向ぼっこに最適のあの席は、ハクお気に入りの昼寝場所なのだ。

「やあ、シーラさん。今日も元気いっぱいだな。あんたの姿を見ていると、こっちまで元気になってくるよ」

「ありがとねー！」

「それで……このカーテンを買いたいんだけど、これも魔導具なのか？　ただのお洒落なカーテンにしか見えないけど……」

「魔導具だよ。それもうちのヒナちゃんが作ってくれたんだ。太陽光を完全に遮断するから、お昼寝する時にも便利で……」

シーラさんがお客さんに魔導具の説明をしている。

彼女はお客さんに対しても、ざっくばらんな話し方だ。でもお客さんも不快になった様子はなく、それどころかシーラさんとの会話を楽しんでいるように見えた。

「ふむふむ……じゃあひとつ、買わせてもらおうか」

「まいどありー！」

シーラさんが笑顔になる。

その後、彼女はカーテンを袋に入れて、お客さんに手渡す。

そのままお客さんも満足げにお店から出ていこうとしたけれど……。

「ヒナちゃん。今日も可愛いね。このカーテン、また感想を言いにくるよ」

お客さんは私に視線を移し、そう声を発した。

「はい！　ありがとう、ございましゅ！」

「ちょっとお客さん！　うちのヒナちゃんに手を出したら、怒るんだからね！」

「はっはっは！　いくら可愛くても、こんなちっちゃな子に手を出そうとは思わんよ」

とお客さんは笑いながら、店を後にした。

「シーラしゃん。カーテン、うれてよかったね」

「うん！　これもヒナちゃんのおかげだよ！　魔導具もそうだけど、みんなきっと可愛いヒナちゃん目当てにお店に来てるんだよ」

「そう……かな？」

首をかしげる。

シーラさんは言うけれど、私にはとてもそうは思えない。

彼女はこのお店で太陽のような存在だ。

そこにいるだけで、周囲の雰囲気を明るくする。

きっとそんな彼女だからこそ、お客さんも笑顔になって帰っていくんだろう。

「シーラしゃんは、すごい」

私は心からの感想を伝える。

そんなシーラさんは私にとって憧れの女性だ。私も大きくなったら彼女のようになりたい。

「う～～～ん！　ヒナちゃん、ありがとね！　でもヒナちゃんの方が何十倍……いや、何百倍もすごいよ！」

とシーラさんは私のほっぺに自分のほっぺを合わせ、スリスリする。

こうされるのは嬉しいけれど、ちょっと息苦しい。

「じゃあ、そろそろお昼ご飯にしようか。午後からもふたりで頑張ろー」

「はい！」

シーラさんが背を向け、キッチンに向かう。

しかし一瞬……。

「はあ……」

と彼女が疲れたように、溜息を吐いた……ように見えた。

「シーラしゃん、どうかしまちた？　おつかれですか？」

「……！　ご、ごめんごめん！　そんなことはないよ！　たとえそうだとしても、ヒナちゃんを見るだけで疲れが吹っ飛ぶんだから！」

気丈に振る舞うシーラさん。

私の気のせいかなあ？

だけどキッチンまで歩いていくシーラさんの背中は、どことなく重苦しかった。

それから魔導具ショップは無事に営業を終え、閉店作業も終わった後のことだ。

「うーん……」

お風呂から上がって部屋に戻ると、シーラさんが難しそうな顔をして唸っていた。

「どうしたの？」

私はシーラさんの近くまでとてとてと歩き、彼女に話しかけた。

「あっ、ヒナちゃん。もうお風呂から上がったんだね」

すると彼女は初めて私がいることに気がついたように、そう声を上げる。

「シーラしゃん。むずかしそうなかお、してる」

椅子に座って、右手でペンを持っているシーラさん。

彼女の目の前にはテーブル、そしてその上には一枚の紙が置かれていた。

その紙にはいくつかの数字が書かれている。所々ぐしゃぐしゃと書き消した跡もあり、それが彼女の苦悩を示しているかのように見えた。

「すうじ？　なにか、けいさんしてた？」

「うん、そうなんだ。こんなことヒナちゃんに言っても仕方がないけど……今月の売り上げとかまとめないと」

シーラさんはペンから一旦手を離し、私と向かい合う。

「もしかして……おみせのけいえいじょうきょう、わるかったりするの？」

「ヒナちゃん、『経営状況』なんて難しい言葉、知ってるの!?　どこで覚えたの？」

「う、うーん……おきゃくさんがいっているのを、きいたことがある」

体は四歳だけど、なんせ前世ではＯＬをしてましたからね。しかも営業だったこともあって、こういう数字には敏感になってしまうのだ。

もちろんそれをシーラさんに伝えるわけにもいかず、自分でも思うくらいの苦しい言い訳をした。

「ふーん、そうなんだ」

だけどシーラさんは納得してくれたみたい。

そんなに気にするところじゃなかったかもだね。

「お店の経営状況は悪くないよ。ヒナちゃんが来てくれたおかげで、お店も大繁盛なんだから！」

明るい声のシーラさん。

この様子だと、私に気遣って嘘を吐いているわけでもないみたい。

だが、シーラさんは一転――少し暗い声になって、こう続ける。

「だけど……嬉しい悲鳴っていうのかな。そのせいで売り上げの計算も難しくなってきて……頭がどうにかなってしまいそう。元々、計算はあまり得意な方でもなかったからね。だからといって間違えるわけにもいかないし……」

「そう、なんだ。でも、けいさんできるの、しゅごい」

前世に比べると、この世界は人々の教育レベルがさほど高くない。

全員が文字を読めるわけでもないし、シーラさんみたいに売り上げをまとめて計算出来るわけでもないのだ。

「うんっ。このお店を継ごうって決めてたから、これだけは必死に勉強したんだ。だから今までなんとかなってきたんだけど……」

シーラさんが考え込むような表情になる。

魔導具ショップに限らず、お店を経営するということには色々と煩雑なことが付きまとう。

そのひとつが売り上げの計算。

ここはまだ給料を払うような従業員は雇っていないし、そういう意味ではまだマシなんだろうけれど……売り上げが大きくなってしまったら、どうしてもそれに時間を割いてしまうことになる。

「あっ、もしかしてしーらしゃん。おひるにおつかれだったのは、こういうことがあったから？」

「……ヒナちゃんはなんでもお見通しだね。その通りだよ。この街では一ヶ月に一回、売り上げをまとめて、商業ギルドに報告しなくちゃならないんだ。税金の額とかを決めなくちゃいけないからね。それで……その報告書を提出する期限が近くなっているってわけ」

なるほど。前世でいう確定申告みたいなものか。

そういえば最近、いつも一緒に添い寝してくれる彼女が「先に寝てて！」と私に言う回数が多いような気がする。

あまり深く考えてこなかったが……シーラさんの話を聞いて納得。

きっと私が寝た後でも、夜遅くまでこうやって数字と睨めっこしていたんだろう。

「そうなんだ……」

私はこんなことしか言えなかった。

アーヴィンやハクにもそうだけれど、シーラさんにはいつもお世話になっている。

出来れば彼女にはいつも笑顔のままでいてもらいたい。

私が計算を手伝ってもいいんだけれど、こんな年齢でそんなことをしたら怪しまれると思うし……どうすればいいんだろう。

「……そうだ！」

そんなことを考えていると、私にとあるアイディアが閃いた。

「シーラしゃん。もうしんぱいしないで。そのけいさん、わたしがらくにしてあげるから」

「……？」

私の言葉に、シーラさんは首をひねるのであった。

◆シーラさんの悩み◆

翌日。

「これは……？」

私が作った魔導具を手に取り、シーラさんはそれを不思議そうに眺めていた。

「ヒナ。それはなんだ？」

『ただの四角い板に見えるがな』

アーヴィンとハクが横から覗き込んでくる。

今日は騎士団の仕事がお休みらしく、アーヴィンも魔導具ショップを手伝ってくれることになったのだ。

ハクもいつもならお昼寝の時間だけれど――私の魔導具に興味を惹かれたのか、こうやって会話の輪に参加している。

「それは……でんたくだよ！」

雷の魔石（低級）＋鉄板＋思いの綿糸＝念ず～る電卓

・念ず～る電卓

いくつかのボタンを押すことによって、計算が出来る魔導具。ボタンを押さなくても……？

これが今回、私が作った魔導具。

昨日、シーラさんの話を聞いてから閃いて、今朝方パパッと作った新作魔導具だ。

「これはどう使うの？」

「それをつかえば、けいさんがらくになる」

「こんなので？　数字が書いたボタンがあるけど……」

シーラさんは使い方が分からないよう。

まあ仕方がないよね。

「そのぼたん。なんでもいいから、おしてみて」

私が言うと、彼女は『1』と書かれたボタンを押した。

すると画面にそれが現れる。

「それでこんどは、このぼたんを……」

私がシーラさんに電卓の使い方を教えてあげると……。

「す、すごい！」

すぐにシーラさんは電卓の使い方を理解して、目を大きくしたのであった。

「こんなのがあったら、計算がすっごく楽になるじゃん！　すぐに数字が出るんだし……」

「なるほどな。慣れれば、もっと速くなりそうだ」

『ヒナはすごい。さすがは我が輩の主だ』

アーヴィンは感心したように何度か頷き、ハクは自分がやったことのようにドヤ顔であった。

「ふふん。それだけじゃないよ。シーラしゃん、こんどはあたまのなかで、すうじをおもいうかべてみて」

「えっ、じゃあ……」

戸惑いの表情を浮かべつつ、シーラさんが画面を見る。

すると――今度はボタンを押さずとも、画面に次々と数字が現れ、あっという間に計算を完了させたのだ。

「え!?　どういうこと？　ボタンを押してないのに、勝手に数字が……」

「ぼたん、おさなくてもだいじょぶ」

えっへん。

そう言わんばかりに、私は腰に手をやった。

これが今回の魔導具の真骨頂。

操作しなくても頭に数式を思い浮かべるだけで、ひとりでに電卓が計算結果を出してくれる。

これがあれば、シーラさんのお仕事もぐっと楽になるはずだ。

……えっ？　じゃあボタンなんて必要なかったって？

だってボタンが付いていないと、電卓っぽくないじゃん！

魔導具はただ機能的だけじゃなくて、見た目も気にしないといけないのだ！

──というようなことをシーラさんに伝えた。

「それ、シーラしゃんへのぷれぜんとでしゅ。いつもがんばってるから……」

「本当にいいの!?　ヒナちゃん！　ありがとね！」

そう言って、シーラさんは私を抱きしめる。

心なしか、いつもより抱きしめる力が強いように思える。

だけどシーラさんがこうやってぎゅーっとしてくれると、すごく安心するのだ。

私はシーラさんの胸に顔を埋めて、幸せな気分になっていた。

「むむむ……プレゼントか。シーラだけそんなものをヒナから貰えるなんて、狡《ずる》すぎるぞ」

『うむ。それは我が輩も同意だな。我が輩もヒナからのプレゼントが欲しい』

そんな私とシーラさんの光景を――アーヴィンとハクが羨ましそうな目で見ていた。

《シーラ》

『シーラしゃん、どうかしまちた？　おつかれですか？』

お昼ご飯の準備をするために、キッチンに行こうとすると。

ヒナちゃんは心配そうに私を見上げていた。

「……！　ご、ごめんごめん！　そんなことはないよ！　たとえそうだとしても、ヒナちゃんを見るだけで疲れが吹っ飛ぶんだから！」

慌てて、私はそう口にした。

いけないいけない。

最近、売り上げ報告書作成のために、ろくに寝られない日々を過ごしていたのは事実。そして疲れていることも――。

でもこのお店に来てくれるお客さんは、そんなことは知ったことではない。彼らは魔導具を買いにくるだけではなく、店員との会話も楽しみに来ているのだ。

それなのに私が暗い顔をしていたら、お客さんはどう思うだろう？

二度と来ない——そう思うお客さんもいるかもしれない。

もちろん、お店に来るお客さんは全員優しくて、それだけで来なくなるとは考えにくいが——いわばこれは私の意地。

どれだけ辛くても、お客さんの前では笑顔でいるっていうね。

それにヒナちゃんの前では、決して疲れた姿を見せないつもりだった。

彼女は四歳児とは思えないくらい、こちらに気を遣ってくれる。

それなのに私が疲れた顔をしていたら……ヒナちゃんが心配するかもしれない！


——もう！　私のバカ！


無意識に溜息を吐いてしまっていた自分を叱る。

案の定、ヒナちゃんは私の体を気遣ってくれた。

それだけで体から元気が湧いてくるようであった。

よーし、もうひと頑張り！

報告書の提出期日は近いんだからね！　ここで弱音なんか吐いていられない。

私は自分に発破をかけた。

そんな私に——ヒナちゃんは素敵な魔導具をプレゼントしてくれた。

『それは……でんたくだよ！』


聴き馴染みのない言葉に、私はさぞ不思議そうな顔をしていたのだろう。

しかしその『でんたく』——電卓はすさまじいものであった。

なんとボタンを押すだけで、魔導具がひとりでに計算をやってくれるのだ。

しかもそれだけではない。

ボタンを押さずとも、頭に数式を浮かべるだけで計算結果を出してくれる。それは自分でやるよりも段違いに早く、かつ正確なものであった。


「本当にいいの⁉　ヒナちゃん！　ありがとね！」


興奮した私は、ヒナちゃんを強く抱きしめた。

今後売り上げ報告書を作る際にも、この電卓があればさほど時間がかからないだろう。

徹夜して報告書を作る必要がなくなるのだ。

だけど——それ以上に、ヒナちゃんが私を心配してくれたことに感動を覚えた。

何度も言うけれど、ヒナちゃんがいるだけで私は元気が出る。

だから電卓がなくても、へっちゃらのつもりなんだけど……ヒナちゃんが私のために魔導具を作ってくれたことが、心から嬉しかったのだ。


「むむむ……プレゼントか。シーラだけそんなものをヒナから貰えるなんて、狡すぎるぞ」

『うむ。それは我が輩も同意だな。我が輩もヒナからのプレゼントが欲しい』


顔を上げると、アーくんとハクが羨ましそうに私たちを眺めていた。

それはまるで欲しい玩具を前にした子どもみたいである。

あらら、どうやらヒナちゃんが私のためにプレゼントを渡したことに妬いているみたいだね。

ふふーん、でもこれはアーくんたちに渡さないんだから！

なんせこれはヒナちゃんが私のために初めてくれたプレゼント。

一生大事にしなくっちゃ！

彼らに対して少し優越感を覚えながら、私はヒナちゃんを抱きしめ続けるのであった。

あとがき

初めましての方は初めまして。久しぶりの方はお久しぶりです。鬱沢色素と申します。

この度は「宮廷を追放された小さな魔導具屋さん」を手に取っていただき、誠にありがとうございました。


こちらはチートな能力を持った幼女――ヒナが帝国の宮廷を追放されてしまうことから始まる物語です。

可愛らしいヒナちゃんの作る魔導具は規格外なものでして、その力に徐々にみんなが気付き始めます。

しかしそんな能力がなくても、ヒナの可愛らしい容姿と純粋で前向きな性格が、周りのみんなを惹きつけます。

そのおかげで騎士のアーヴィンといった登場人物がちょっと過保護すぎて、ヒナはそれについて有り難いと思いつつ、ほっといて欲しいとも思ったり……みたいな話です。

読者のみなさまも「ヒナちゃんを甘やかしたい！」と少しでも思っていただけるなら、作者としてこれ以上の喜びはありません。

ここからは謝辞を。

この作品に携わっていただいた方々に深くお礼申し上げます。みなさまのお力添えがあったおかげで、素晴らしい作品に仕上がったと思います。本当にありがとうございます。

特に直接やり取りさせていただくことが多かったF様。いつもテンション高めなメールとお褒めの言葉をいただいて、モチベーションを高く保って執筆を続けることが出来ました。今後ともよろしくお願いいたします！

またイラストご担当のよん先生。素敵なイラストをありがとうございました。最初に表紙画像を拝見した時は、しばらくそれを眺めてニヤニヤしていました。

最後に――読者の方々。みなさまが応援してくれているおかげで、鬱沢はまだ書き続けることが出来ています。本当にありがとうございます。

ではまた会える日まで。

鬱沢色素

宮廷を追放された小さな魔導具屋さん
～のんびりお店を開くので、規格外の力と
今さら言われてももう遅い～

2021年8月5日　初版第1刷発行

著　者　鬱沢色素

© Shikiso Utsuzawa 2021

発行人　菊地修一

発行所　スターツ出版株式会社

〒104-0031　東京都中央区京橋1-3-1　八重洲口大栄ビル7F
☎出版マーケティンググループ　03-6202-0386
（ご注文等に関するお問い合わせ）

https://starts-pub.jp/

印刷所　大日本印刷株式会社

ISBN　978-4-8137-9093-8　C0093　Printed in Japan

この物語はフィクションです。
実在の人物、団体等とは一切関係がありません。
※乱丁・落丁などの不良品はお取替えいたします。
　上記出版マーケティンググループまでお問い合わせください。
※本書を無断で複写することは、著作権法により禁じられています。
※定価はカバーに記載されています。

［鬱沢色素先生へのファンレター宛先］
〒104-0031　東京都中央区京橋1-3-1　八重洲口大栄ビル7F
スターツ出版（株）　書籍編集部気付　鬱沢色素先生

BF ベリーズファンタジー 大人気シリーズ好評発売中！

悪役令嬢は二度目の人生で返り咲く
～破滅エンドを回避して、恋も帝位もいただきます～

1～2巻

雨宮れん・著
仁藤あかね・イラスト

あらぬ罪で処刑された皇妃・レオンティーナ。しかし、死を実感した次の瞬間…8歳の誕生日の朝に戻っていて⁉「未来を知っている私なら、誰よりもこの国を上手に治めることができる！」──国を守るため、雑魚を蹴散らし自ら帝位争いに乗り出すことを決めたレオンティーナ。最悪な運命を覆す、逆転人生が今始まる…！

BF
毎月5日発売
Twitter
@berrysfantasy

男性向け異世界
コミック誌
創刊!

COMIC グラスト

人気タイトル配信中!

転生先は回復の泉の中
～苦しくても死ねない地獄を乗り越えた俺は世界最強～
漫画：柊木蓮　原作：蒼葉ゆう

★★

腹ペコ魔王と捕虜勇者!
～魔王が俺の部屋に飯を食いに来るんだが～
漫画：梅原うめ　原作：ちょきんぎょ。

★★

不死の軍勢を率いるぼっち死霊術師、
転職してSSSランク冒険者になる。
漫画：ブラッディ棚蚊
原作：榊原モンショー（ブレイブ文庫／ 一二三書房 刊）
キャラクター原案：.suke

★★

勇者パーティーをクビになった忍者、忍ばずに生きます
漫画：ゼロハチネット　原作：いちまる

最新情報は公式twitterをチェック
@comicgrast

ベリーズ文庫

ベリーズ文庫の異世界ファンタジー人気作

Berry's fantasy ベリーズファンタジー にて

コ×ミ×カ×ラ×イ×ズ×好×評×連×載×中×！

しあわせ食堂の異世界ご飯 ①〜⑥

ぷにちゃん

イラスト　雲屋ゆきお

定価 682 円
（本体 620 円＋税 10%）

平凡な日本食でお料理革命!?
皇帝の胃袋がっしり掴みます！

料理が得意な平凡女子が、突然王女・アリアに転生⁉　ひょんなことからお料理スキルを生かし、崖っぷちの『しあわせ食堂』のシェフとして働くことに。「何これ、うますぎる！」――アリアが作る日本食は人々の胃袋をがっしり掴み、食堂は瞬く間に行列のできる人気店へ。そこにお忍びで冷酷な皇帝がやってきて、求愛宣言されてしまい…⁉

ISBN：978-4-8137-0528-4　※価格、ISBN は 1 巻のものです

ベリーズ文庫

ベリーズ文庫の異世界ファンタジー人気作

Berry's fantasy
ベリーズファンタジー
にて

コ・ミ・カ・ラ・イ・ズ・好・評・連・載・中・！

転生王女のまったりのんびり!?異世界レシピ

①〜③

雨宮れん

イラスト　サカノ景子

定価 693 円
（本体 630 円+税 10%）

転生幼女の餌付け大作戦
おいしい料理で心の距離も近づけます！

料理人を目指す咲綾は、目覚めると金髪碧眼の美少女・ヴィオラ姫に転生していた！　敵国の人質として暮らしていたが、ヴィオラの味覚を見込んだ皇太子の頼みで、皇妃に料理を振舞うことに…!?「こんなにおいしい料理初めて食べたわ」──ヴィオラの作る日本の料理は皇妃の心を動かし、次第に城の空気は変わっていき…!?

ISBN：978-4-8137-0644-1　※価格、ISBN は 1 巻のものです

異世界&ラブファンタジーコミック誌
Berry's fantasy
― 毎月第４金曜日配信 ― ベリーズファンタジー 〈Vol.1〉
「毎月第４金曜日各電子書店で好評配信中！」
オール新作描き下ろし！
創刊
「ベリーズ文庫」発
異世界&ラブファンタジーコミック誌
cover illustration: Maro Fuzuki
異世界で、なんちゃって王宮ナースになりました。
作画・服部万利 原作・涙鳴
転生令嬢の異世界ほっこり温泉物語
作画・Ｅｍｉ＋ 原作・吉澤紗矢
しあわせ食堂の異世界ご飯
作画・文月マロ
原作・ぷにちゃん
Berry's fantasy
▼詳しくは公式HPまたはTwitterで！
ベリーズファンタジー
検索
https://www.berrys-cafe.jp/comic
@comicBerrys